お国のために

特攻隊の英霊に深謝す

元自衛隊空将
南西航空混成団司令
佐藤　守

青林堂

［目　次］

はじめに

昭和十九年十月下旬のフィリピン作戦で、日本海軍は初めて神風特別攻撃隊を出撃させました。そして搭乗員たちは、「作戦を成功に導き、祖国を守るため！」との意気に燃えてレイテ湾の敵艦船に突入していったのです。

翌十一月八日には人間魚雷「回天《かいてん》」の第一陣も特攻出撃し、多くの若き日本男児たちの命と引き換えに米軍艦船は太平洋の藻屑《もくず》と消え、その鬼神《きじん》をも泣かしめる壮絶な闘いぶりは、ニミッツ提督はじめ米軍将兵たちを恐怖のどん底に叩き落しました。米軍人たちには、これらが人間のなせる業《わざ》とは到底《とうてい》思えなかったからです。

かつて戦闘機パイロットとして三十四年間航空自衛隊で訓練に励み、多くの仲間たちを失いつつも、無事に退官できた私は、神風特別攻撃隊が誕生した経緯や実際の戦果はどうだったのか、更に特攻隊の「生みの親」とされる第一航空艦隊司令長官・大西瀧治郎《おおにしたきじろう》中将とはどんな人物だったのか、散華《さんげ》した隊員たちはどんな気持ちで突入したのか、と常に気がかりでした。それは彼らと同じく、操縦席という小さな空間で三十四年間、三千八百時間も過ごしてきたからでもあります。

ところが「靖国で会おう」「後に続くを信ず」と笑顔で戦場に飛び立っていったこれらの若

「ゼロ戦とF－４のコックピット」

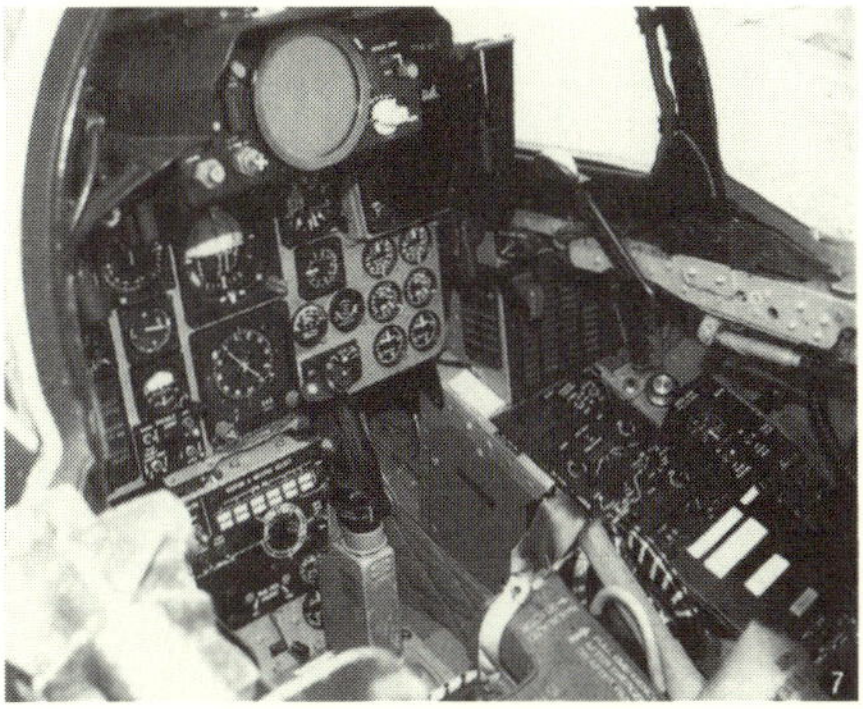
F－４ファントム

ゼロ戦

き青年たちの行為を、国の指導者たちが平然と裏切り、侮辱《ぶじょく》する行為は絶対に許すことはできません。

英霊方は、「お国のために」と出陣し、愛する者のために身を捧げたにもかかわらず、戦《いくさ》に負けるや、戦場に送り込んだ国の指導者たちから、「相手側に多大の損害と苦痛を与えた」〝犯罪人〟でもあるかのように誹謗中傷《ひぼうちゅうしょう》されたのでは死んでも死にきれないでしょう。

黄泉《よみ》の国で、彼らは歴代首相の行動と国民の無関心ぶりをどう思っておられるのでしょう？　しかし、幽《ゆう》冥《めい》境を異にした今となっては、彼らの気持ちを私たち現世《げんせ》に生きている者たちに伝える手段はないのです。

特攻隊員の中には、出撃を名誉と感じ、粛々《しゅくしゅく》と任務を遂行《すいこう》した方から、迷いつつも殉《じゅん》じた方々、そして国や上官たちを恨《うら》んで亡くなった方まで、千差万別だと思います。

とりわけ特攻隊員に限らず英霊方が怒っておられるのは、命をかけてお国のために戦ったのに、今の日本の何とも「ふがいない体《てい》たらくさ」に対してではないでしょうか。

首相の靖国参拝が問題化したのは、三木武夫《みきたけお》首相が「私人」と断って参拝してからで、昭和六十年に朝日新聞が当時の中曽根首相の参拝を繰り返し批判するようになってから〝定着〟しました。特に村山首相が「植民地支配と侵略によって、多くの国々、とりわけアジア諸国の人々に対して多大の損害と苦痛を与えた」と、「痛切な反省の意」と「心からのお詫びの気持ち」を表明し、まるで〝敵国人〟でもあるかのように英霊を侮辱したことは、世界に大きな誤解を与える元になりました。更に国民に〝人気〟があった小泉首相も、参拝したものの「心ならずも…」などと、根拠もなく「英霊」の行為を否定する本末転倒の発言が続いています。〝旧敵国〟から罵詈雑言《ばりぞうごん》を浴びせられるのならまだしも、同じ日本人から浴びせられるのですから英霊たちは心穏やかではないはずで、きっとお怒りだろうと思うのです。

戦後の首相たちの発言が如何《いか》に無知か、というよりも如何に悪意に満ちた中傷であり侮辱であるかは、靖国神社に収められた多くの遺書を読めばよくわかります。

私は、これらの無責任な発言が、既に黄泉の国に旅立った多くの英霊たちの怒りを買っているような気がしてなりませんでした。

平成二十五年十二月二十六日、安倍首相が靖国神社を公式参拝しました。七年前の平成十八年九月二十六日に首相に就任した安倍首相は、戦後取り残されてきた教育基本法など、懸案《けんあん》事項を次々に改めていったものの、翌年の八月十五日に、国民に〝約束〟していた靖国参拝を取りやめましたから、私は英霊を裏切った祟《たた》りがあるのでは？　と心配しました。

予想通り、次々と不祥事が起きて八月二十七日に急ぎ内閣を改造したものの、今度は本人が体調を崩して遂《つい》に政権を投げ出すという醜態《しゅうたい》を演じました。

潰瘍《かいよう》性大腸炎だったと報道されましたが、この病気は原因不明で治療法もはっきりとわからず、再発しやすいため、厚生労働省より難病（特定疾患）に指定されています。私は医学には無知ですが、相当なストレス＝精神的負担がかかったのではないか？　と思っています。つまり、一般的にいわれる〝霊異《れいい》（どうしてそういうことが起こったのか、人間の知恵では計り知れないこと）〟ではなかったのでしょうか？

先の大戦で散華した多くの英霊の魂は、未だに不成仏霊として戦地をさまよっていて、苦しみと迷いの中にあると思われます。（詳しくは『自衛隊パイロットが体験した超科学現象（青林堂）』をお読みください）

英霊を如何に供養するか、というのが残された我々日本人の務めであり、特に彼らを苛酷な戦場に送り出した指導者の末裔《まつえい》である首相は、その先頭に立つべき存在なのだと私は考えています。つまり日本国の首相は「英霊の名誉回復」を図らねばならない立場にあるのです。日本が戦ったのは「自衛のためであって、当時白人国家の植民地として苦しんでいたアジアの同胞を解放するための戦いだった」ことを忘れるべきではありません。国のために散った英霊の気持ちを鎮《しず》める、真の鎮魂・慰霊こそ首相たる者の責務だと私は確信しています。

首相の座を降りた安倍晋三《しんぞう》氏は、その後反省して「第一次内閣で参拝できなかったことは痛恨の極みだ」と繰り返し公言していましたが、自民党に代わって政権の座に着いた民主党の「売国的な行動」に、再び天の怒りは爆発して国難が降りかかり、やがて民主党は自滅しました。これも英霊の怒りに触れたからだと私は想像しています。

こうして自民党は三年二カ月ぶりに政権を奪い返し、平成二十四年十二月二十六日に第二次安倍内閣が成立しました。そこで安倍首相は、第一次内閣時代に実行しなかった「靖国神社参拝」を実行したのでしたが、その前に激戦地であった硫黄島に行き、滑走路上に額《ぬか》ずいて英霊に哀悼《あいとう》の誠を捧げました。その姿を見た時、私はこれで英霊のご加護が得られる、と確信したのですが、平成二十五年八月十五日、終戦記念日の参拝を避けたので、再び英霊をないがしろにする気なのか？　と心配しました…。

島に眠る英霊に対して額ずく安倍首相（硫黄島）（首相官邸 Facebook より）

十二月二十六日午前十一時三十分、靖国神社にモーニング姿で到着した首相は、「菊花の間」で記帳を終えるとご本殿に進み、英霊の安らかに鎮まることを祈り、感謝の誠を捧げました。

続いて境内の鎮魂社にも拝礼、首相名で本殿に献花一対が供えられましたが、その後の記者会見で「御英霊に対して手を合わせながら、現在、日本が平和であることのありがたさを噛み締めました。今の日本の平和と繁栄は、今を生きる人だけで成り立っているのではありません。愛する妻や子供たちの幸せを祈り、育てくれた父や母を思いながら、戦場に倒れたたくさんの方々。その尊い犠牲の上に私たちの平和と繁栄があります。今日は、そのことに改めて思いをいたし、心からの敬意と感謝の念を持って参拝しました」と語ったのです。

歴代首相の中には、〝敵国人〟の機嫌取りをして自国の先人たちを侮辱するかのような発言をして恥じない者がいましたが、今回の安倍首相の言葉にきっと英霊方も救われた気持ちになったことでしょう。次は八月十五日に参拝していただき、支那からのいわれなき暴論に対して決着をつけてほしいものだと思っています。他のアジア諸国との間では既に決着がついているのですから。

そこで元戦闘機乗りだった私としては、「特攻とは何だったのか?」「突入するまでの操縦席での彼らの意識」、とりわけ「特攻の〝父〟大西中将の人柄」と海軍の戦争指導、なかんずく「海軍操縦者養成計画に見る無計画さ」に焦点を当てて、当時の青年たちの心意気と、戦後に〝お国〟から浴びせられた心無い仕打ちに対する「特攻隊の英霊の怒りと悲しみ」を慮《おもんぱか》り〝いわれなき暴言〟に反論できない彼らに代わって「反論」を試みようと思います。

第一章

特別攻撃隊の誕生

1、特別攻撃隊の芽生え

昭和十九年三月、マリアナ諸島からバンダ海に至る国防要線が、マリアナ海戦で脆《もろ》くも敗れて海軍が大損害を受けたことは、その後の日本の戦略態勢を根幹から一変させたといってもいいでしょう。本土と南方要域が分断されようとし、マリアナを基地とする本土爆撃を容易ならしめたのですから、下手《へた》をすると直接米軍が本土上陸作戦を開始しかねません。そこでわが国は、本土―台湾―フィリピンを結ぶラインで敵の本格的な来攻を迎えなければならなくなり、このラインを死守すると決定されたのです。この間の概要は次の通りです。

*昭和十九年二月十七～十八日　米軍のトラック島大空襲により海軍大損害を出す
*四月三十日～五月一日　トラック島第二次大空襲でまたもや大損害
*六月十九日　「あ号作戦」サイパン作戦
*七月八日　サイパン、テニアン、グアム陥落《かんらく》
*七月十八日　東條内閣、サイパン失陥の責任を取って総辞職
*七月二十一日　大本営、捷号《しょうごう》作戦を立案
*九月十日　ダバオ「水鳥事件」

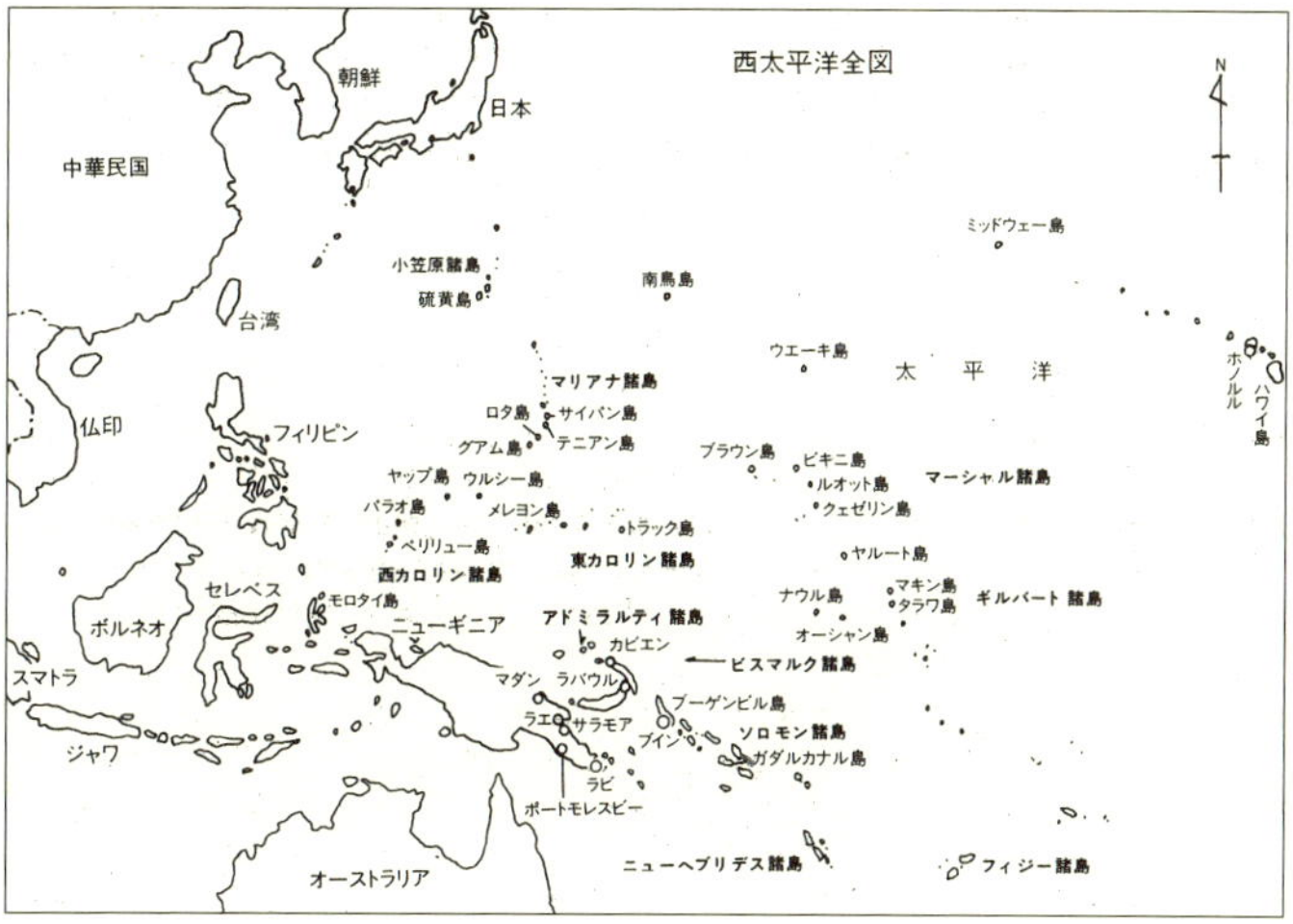

西太平洋全図

*九月十一日　第一航空艦隊司令部、ダバオからマニラへ移動

*九月十二日　セブ島、奇襲を受けて大被害を出す

そこで大本営は、昭和十九年七月二十一日に、次のような根本方針を確定し、これに基づく作戦準備を進めることにしました。

1、比島、台湾、南西諸島、本土、千島に亘《わた》る海洋第一線の防衛を強化する。

2、右の諸地域の何《いず》れに敵が来攻しても随時陸海空の戦力を結集して迎撃しこれを撃砕しえる準備を整える。これを捷号作戦と呼称する。

3、支那における湘桂《しょうけい》作戦を予定の通り完遂し海上交通の不安を大陸交通によって補う。

4、沿岸航路によって海上交通を確保することに努める。

この方針を見ると、この時点で如何に海軍力が頼りにならなくなっているかがよくわかります。1、2項は〝願望〟ですが、3項は、海上交通の不安を大陸交通で補うとまでされています。つまり、このころになると、陸軍は海軍の護衛、掩護《えんご》を期待していないのです。4項に至っては、陸地から離れない交通路を確保するとまで言っているのですから、如何に海軍による制海・制空権確保があてにされていないかがわかります。真珠湾攻撃で、国民に大人気を得た海軍はどこに行ってしまったのでしょう？

加えて昭和十七年六月の「ミッドウェー作戦」の大敗北は、一部海軍関係者以外は、国民にも知らされないままでした。

そこでこの大本営の決定は生粋《きっすい》の海軍軍人たちにとってはいたたまれないものがあったと思います。こうして「捷号作戦」が実施されることになるのですが、文字通り「乾坤一擲《けんこんいってき》」の背水の陣です。そして海軍は「航空部隊海軍統一運用案」を提案するのですが、陸軍はこれに同意しませんでした。陸軍の作戦遂行ができなくなるからです。

陸軍は大陸で懸命に戦っていたのですが、フィリピンでも決戦を迎えつつありました。そこで南西諸島、台湾方面には、海軍の第二航空艦隊に飛行第七、第九十八戦隊を加勢させたほか、第八飛行師団を進出させます。

そしてこのころから「特攻」戦法が頭をもたげてきます。通常戦闘では勝ち目がなく、短時日に戦略要地を敵の手に奪われるので、島嶼《とうしょ》守備に当たる全将兵の自信喪失という結果を招いた陸軍は従来の戦法を改めるのです。その中に航空特攻戦法が生まれてきました。

その根本には航空戦力の低下があり、補充戦力も技量が未熟で戦にならないから、零戦を爆撃機として使用すべく、二〇一空で訓練を始めました。これは二五〇kg爆弾を搭載して行う超低空水平攻撃（スキップ攻撃）でしたが、挫折《ざせつ》します。

そして昭和十八年六月二十九日には、侍従武官・城《じょう》英一郎大佐が体当たり攻撃法を大西中将に具申《ぐしん》しますが、中将はこれを却下《きゃっか》します。

昭和十九年に入ると、戦局はますます不利になり、四月四日に軍令部は〝特殊兵器・生還不能の新兵器〟の研究を開始しています。更に九月十三日に海軍省に「海軍特攻部」を新設します。そして十月五日に軍需省航空兵器総局総務局長から第一航艦司令長官要員に補された大西瀧次郎中将がフィリピンに向かうのです。その頃苦戦する現地部隊では、各方面から相次ぐ体当たりの意見具申がなされていました。

(1)陸軍機、B－一七と敵艦に体当たり

これに並行して、敵のB－一七に対するわが戦闘機の火力では効果がないため、急遽《きゅうきょ》戦闘機の技術改良が図られますが、昭和十八年四月にニューギニアのマダン北方洋上で船団護衛に任じていた第六飛行師団の戦闘機がこれに体当たりして撃墜しました。

続いて昭和十九年五月下旬、飛行第五戦隊の戦闘機四機（戦隊長高田勝重少佐）がビアク島南岸にあった敵艦に対し、体当たり攻撃を敢行《かんこう》して飛行機諸共《もろとも》肉弾となってこれを撃沈しています。

この攻撃は海軍の特攻隊発祥以前のものであり、当然上からの命令に基づくものではありませんでした。高田少佐は出撃に当たり、友軍の危急を救うべく部下と共に生還を期さずと誓って任務を完遂し、三機は敵艦に突入して轟撃沈《ごうげきちん》せしめ、残る一機は帰還しなかったのです。

実はこの戦果が全軍に伝えられたので、昭和十九年ごろの第一線部隊では、敵を食い止めるにはこの方法しかない、という機運が台頭《たいとう》していたのです。

そこで大本営もこれを無視することができず、特攻隊編成を企図《きと》する一方、「絶対に死を避けることができない方法というよりむしろ死ということを任務遂行の不可欠の手段とするような方法で敵を攻撃する軍隊を正式に編成するのは統帥《とうすい》の道に反する。この攻撃方法によるべきかどうかは、任に当たる各勇士に委《ゆだ》ねられるべきである」との見解が強く表明され、「特攻を

志す義烈《ぎれつ》の士は、これを個人として作戦軍に配備し、作戦軍はこれらの戦士を以《もっ》て臨時に特攻隊を編成し、これにふさわしい特別の名称を附《ふ》す」こととされました。つまり「決死的義勇軍」の編成とでもいうべきものでしょう。

勿論《もちろん》研究が継続されていた海上、海中兵器についても同様でした。しかしこれについてもマリアナ沖海戦の敗戦以後は、その必要性が高まってきたため、いろいろと考案されていました。これらの航空、海上特攻以外に、地上戦においても、従来から行われていた挺身攻撃、切込み戦法（米軍が最も恐れたバンザイ突撃）などの精神が尊重されるようになっていたのです。

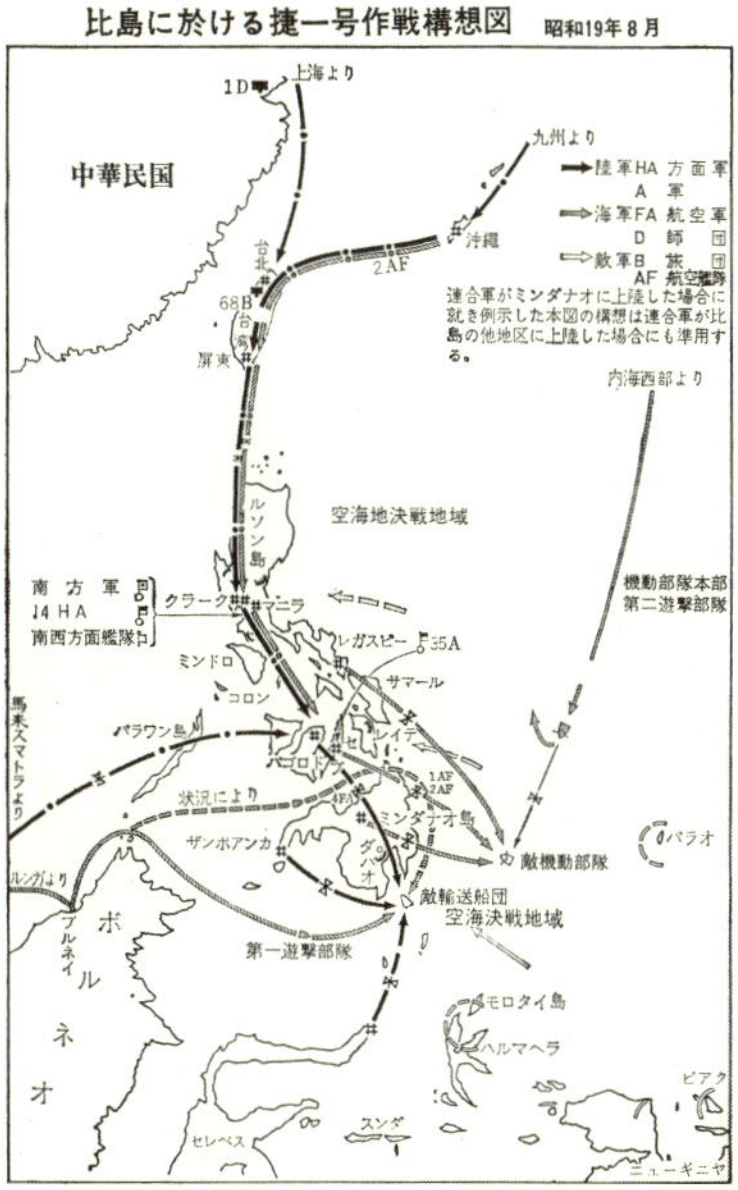

捷一号作戦図（大東亜戦争全史）

そこで米軍にフィリピンに上陸されるとわが国の生命線は断たれ、戦争遂行力が激減しますから、それを阻止するために、帝国海軍は総力を挙げてレイテ湾上陸を阻止しようと行動します。このような情勢下で立案されたのが捷一号作戦でした。

こうして捷号作戦準備が発令されるに至るのですが、米軍のフィリピン上陸の正面に位置する陸軍第十四方面軍（司令官として山下奉文《ともゆき》大将が着任）は、第三十五軍（四個師団＋一個旅団）、第八、第二十六、第百三、百五師団などでもって敵の上陸に備えます。

昭和十八年以降、ニューギニア方面で苦闘を続けていた第四航空軍も、十九年六月にマニラに転進し、八月以降軍の強化が図られ、司令官として富永恭二中将が着任して司令部の陣容は一新され、第二、第四、第七の三個飛行師団を基幹とする、定数一〇五六機というものでしたが、実際は海軍同様半数の五四五機に過ぎませんでした。そして更に稼働機はその半数という有様だったのです。

捷一号作戦で活躍したのは海軍だけかのような風潮がありますが、このように陸海軍挙げての総力戦だったのです。

⑵ダバオ事件の影響

そして海軍は第一遊撃部隊（戦艦五隻、大型巡洋艦一一）がリンガ泊地《はくち》から、第二遊撃部隊（巡洋艦三、駆逐艦七）が内海西部から、潜水艦部隊は特命によって進出することとされていました。そのような最中に起きたのが「ダバオ事件」です。

ダバオ地区の海軍根拠地隊は、いつ敵が来るか…と戦々恐々だったのですが、「明日やも知れず。警戒を厳《げん》にせよ」との命令で、いっそう緊張し、九月十日に空襲を受けて市民の間にパニックが起きていた直後、海軍の見張所が、「敵の上陸用舟艇現る」と誤報したのです。水平線上の白波を見誤ったのが真相ですが、この報告を受けた連合艦隊司令長官は「捷一号作戦警戒」を発令しましたから、各部隊は一斉に行動します。

「誤報だった」と直《ただ》ちに取り消されたものの、部隊は既に動いています。そしてこれを受けてセブ島に移動した有馬少将の部隊が、十二日に米軍機の奇襲攻撃を受けて大被害を出すのです。これが原因で寺岡第一航空艦隊司令長官が更迭《こうてつ》され大西中将と交代になり、その後有馬少将が自爆することになるのです。

このような全般状況を熟知していた大西中将でしたから、この作戦はどうしても成功させねばならないと強く決意していたでしょう。しかし私には、大西中将以外に「特攻隊編成」がやれる人物はいないと見た大本営、または海軍上層部が、あえて「統率の外道《げどう》」を彼に委託したのではないか？　つまり大西中将の過去の言動を熟知していた海軍上層部が、「余人持って代え難し！」と彼を指名したのではないか？　と思われるのです。

なぜならば、あのミッドウェーの大惨敗の後も、南雲《なぐも》長官らを更迭せずに不問に付して、その後も度重《たびかさ》なる失策を演じさせた連合艦隊と海軍上層部が、今回の「ダバオ事件」の責任を寺岡第一航艦司令長官に負わせていきなり更迭したのですから、何かしっくりこないのです。それとも海軍上層部は、ミッドウェーでの人事ミスをダバオ事件で反省したというのでしょうか？

更に大本営は、飛行第五戦隊長・高田勝重少佐が敵艦に体当たりして撃沈した時、本心は別にして「統帥の道に反する」この攻撃方法は、「任に当たる各勇士に委ねられるべきである」との見解を持っていましたが、誰も〝猫の首に鈴〟をつけようとはしませんでした。

この時大西中将は、軍需省航空兵器総局総務局長として中央にいましたから、この事実を知らないはずはありません。そして「特攻を志す義烈の士は、これを個人として作戦軍に配備し、作戦軍はこれらの戦士を以て臨時に特攻隊を編成し、これにふさわしい特別の名称を附す」ことされていたことを知っていた大西中将は、着任直後に急遽出撃を命じる立場になったマバラカット飛行場で「ふさわしい特別の名称」をつけさせたのではないかと思うのです。

⑶大西中将台湾で足止め、空襲を体験

昭和十九年十月九日、フィリピン視察を終えて帰国する豊田副武《そえむ》連合艦隊司令長官一行をニコルス飛行場に見送った、寺岡第一航空艦隊司令長官の副官、門司《もじ》親徳《ちかのり》少佐は、小田原俊彦参謀長から呼ばれ、寺岡謹平《きんぺい》中将に代わって大西瀧治郎中将が着任することを知らされます。そのころ大西中将は既に東京を発《た》ってフィリピンに向かっていました。そこで門司副官は、その

午後に台湾に向かう一式陸攻に便乗して台湾まで迎えに行きます。

昭和十六年四月に、短期現役六期生として任官した彼は、大西中将のことは全く知りませんでしたから、若い幕僚《ばくりょう》たちに聞くと、「おっとりとした寺岡長官と違って、怖い人だ」と教えられます。

しかし、草創期の海軍航空界に身を投じた生え抜きの飛行機乗りであること、英国留学経験、航空本部教育部長時代に渡洋爆撃を視察に行き、そのまま攻撃隊の飛行機に乗って攻撃に参加したこと、一航艦の寺岡謹平中将、二航艦の福留繁《ふくどめしげる》中将とは兵学校同期の四十期生であること、海軍大学校受験の際、横須賀で芸者を殴ったため受験を拒否されたこと、その他たびたび遭難事故に遭ったこと、落下傘で初降下した人物だ等々、豪胆な命知らずの人物という話ばかりを聞かされたようで、少し怖かったといいます。

台湾の高雄基地に降りると、既に福留長官以下、二航艦の司令部が進出していました。「捷号作戦」が発令されると、一航艦はフィリピン方面、二航艦は南九州、沖縄、台湾方面を担当することになっていたからです。

翌日の十日は、敵艦隊が沖縄に接近したため、早朝から高雄基地は慌《あわ》ただしい雰囲気に包まれます。二航艦の守備範囲だったからです。

沖縄の被害は、航空機陸海合計四五機、艦艇の沈没は二二隻でした。来襲した敵に対して一、二航艦合同で索敵《さくてき》攻撃をかけますが、敵を発見できません。

十月十一日昼過ぎ、高雄基地に到着した大西中将に初めて会った副官・門司少佐は、「坊主刈りではなく、髪の毛を伸ばしているが、短い伸ばし方で、裾の方は少し刈り上げてあった。その顔を横に向けると、ジロリとこちらを見た。眼玉が大きくて、きびしい。寺岡長官の柔和《にゅうわ》な好々爺《こうこうや》の感じとだいぶ違う」と初印象を書いています。

大西中将が乗ったダグラス輸送機は、非武装なのですが戦闘機の護衛なしで、空襲中の沖縄を避けて上海経由で高雄に着いたのです。勿論無線は封止《ふうし》されていましたから、大西中将は副官が高雄に迎えに来ていることは知りません。

台湾の北西部にある新竹《しんちく》基地に豊田連合艦隊司令長官が足止めされていることを知った大西中将は、すぐに新竹に向かいます。

午後四時前に新竹に着いた大西中将は、豊田長官に面会しますが、幕僚室内では新竹を飛び立った索敵機が敵機動部隊を発見したというので幕僚たちが忙しく立ち働いています。その間二時間余り、二人がどんな会話をしていたかは不明です。しかし戦後に豊田長官が著した『最後の帝国海軍』にはこうあります。

≪私がマニラからの帰りに台湾に滞留中、ちょうど大西中将が第一航空艦隊司令長官になって、内地からフィリピンに赴任する途中にそこに来ていて、二日か三日、同じ航空隊におったことがあった。その時大西の話に、とても今までのやり方ではいかん。戦争初期のような練度の者達ならよいが、中には単独飛行がやっとという搭乗員が沢山いる。こういう者が雷撃爆撃をやっても、ただ被害が多いだけで、とても成果は挙げられない。どうしても体当たりで行くより方法がないと思う。しかし、これは上級の者から強制命令でやれと言うことはどうしても言えぬ。そういう空気になってこなくては実行できない――、と述懐《じゅっかい》していたものだ≫

この時豊田長官が何と答えたかは不明ですが、やはり大西長官は、中央の〝雰囲気〟を熟知して赴任してきていたとは考えられないでしょうか？　不思議なのは、総指揮をとるべき立場の連合艦隊司令長官は台湾の前線に足止めを食らっているのに、作戦は次々と発令されています。勿論長官の承認は電報でとっていたでしょうが、当時の日吉にあった連合艦隊司令部内の雰囲気が非常に気になります。長官不在では最も忌《い》むべき「幕僚指揮」になりかねないからです。

2、大西中将が特攻隊編成を決意した背景にあるもの

(1)有効な攻撃能力を欠いていた海軍

翌朝、高雄基地は米軍の空襲に見舞われます。門司少佐は直ちに大西中将を防空壕へ避難させ、赴任中の中将のトランク二個を宿舎から持ち出します。

しかし途中で爆撃を受け、かろうじて壕にたどり着きますが、中将はトランクを両手にぶら下げて入ってきた副官を見て「ニヤリ」と笑います。「それは壕に閉じ込められているという自嘲《じちょう》でもなく、爆撃は平気だという強がりでもなく、ひどく人間的なニヤリだった」と彼は回顧しています。

自分もニヤリと笑い返した気がするが、この時二人の距離がスーッと近くなったように感じたことを鮮明に覚えていると言いますから、会ったばかりの二人の気心が通じた瞬間だったのでしょう。

複座戦闘機のファントムは、後席に若いパイロットが同乗します。初めての組み合わせであっても、空中戦で激しいGがかかり、前後左右へ振り回され、限界を超えたことを知らせる警報が鳴り響くコックピット内に閉じ込められる体験を共有した後、訓練を終えて基地に戻る機内で感じる〝親近感〟に似ています。つまり、生死を共にしたという実感がわくのです。こん

な時、私は後席パイロットが息子のように思われるのですが、後席操縦者が私を「親父さん」と感じてくれたかどうかは知りません…。

門司副官は「怖いけれど嬉しいような妙な気持であった」と書いていますが、私にはよくわかります。空襲が終わり、二人は壕を出て天を仰ぎますが、公刊戦史にはこの時の状況がこう書かれています。


≪新竹方面では〇七二〇、上空哨戒中の零戦四機が、F6F、TBF約二〇機を発見、これと交戦、またほとんど時を同じくして邀撃隊の零戦三十三機（戦闘三一二－指揮官片木圭二大尉）が米戦爆連合五十機と戦闘を交え、新竹から桃園に至る空域にわたって彼我の間に凄惨な死闘が繰り広げられた。この戦闘で撃墜二十四機（うち不確実七機）の戦果が報ぜられたが、我が方もまた自爆十二機、未帰還二機、落下傘降下二名の損害を被った≫

このころ、台湾では「基地航空部隊捷一号、二号作戦」が発動されていて、二航艦の主力が南九州から沖縄経由で攻撃に向かう予定でした。

大西中将と同期生である城島《じょうじま》司令と安延《やすのぶ》参謀が来て、戦況を報告しますが、T部隊が夕方から全力攻撃を予定していると言います。

この「T部隊」とは、度重なる作戦敗退の結果、機動部隊攻撃の切り札として、大本営海軍部の源田実《げんだみのる》参謀が考案した「天候不良に乗じる奇襲攻撃隊」のことです。天候が悪ければ、航空活動は多大な影響を受けるのは今も昔も同じです。Tとは台風の頭文字だといわれていますが、魚雷攻撃を主にしたため、トーピードのTだという説もあります。

源田参謀は「悪天で敵が戦闘機の使用に制限を受け、かつ対空砲火の効果も阻害される」とみて考案したといいますが、私には何とも異様に思われます。

米軍はこのころ既にレーダーを装備していましたから、悪天候によって対空射撃が阻害されることはなかったでしょう。むしろ、練度が高いにせよわが方の操縦者の方が悪天候下を飛行するのに相当苦労したに違いありませんし、うまく敵部隊に到達したにしても、今のようにレーダーもありませんから、目視で目標確認や照準をするのは非常に苦労するはずだからです。源田参謀は「熟練した操縦者を基幹に編成し、更に優秀な若手操縦員を加えて編成した」としていますが、台風や夜間を利用するこの攻撃方法に私は大きな疑問を覚えます。当然台風で苦しむのは敵ばかりじゃないからです。このころ既に帝国海軍参謀の発想は、切羽詰まった〝非科学的〟思考に縋《すが》らざるを得ないほど追い詰められていたのではないでしょうか？　例えば昭和初期に東北帝大の八木秀次《やぎひでつぐ》教授が「八木アンテナ」を開発したことは有名ですが、これを海軍に提言した時、海軍側は「帝国海軍は、卓越《たくえつ》した〝夜襲〟をもって伝統的な戦法としている。

敵に己の所在を知らせる〝闇夜に提灯《ちょうちん》〟のような兵器は、百害あって一利なしだ」と一蹴されてしまったというのです。その代わりに見張り要員には「肝油《かんゆ》」を配って視力を鍛えました！

操縦者養成数があまりにも少ないことに気が付いた海軍省人事担当の寺井中佐が、予備学生を増強する案を提示した時、海軍省内部で「今まで不規律な学生生活を送ってきた彼等学生達を、一挙に三、〇〇〇名も大量に採用して短期間で搭乗員として養成することは、今まで精鋭を誇ってきたわが海軍航空に害毒を与えて、これを駄目にする恐れがある」などという、奇妙な精神論で反対された事例に酷似《こくじ》しています。

(2)大西中将、新竹から高雄へ移動

この日、昼食はもとより、朝食も抜きであったことを思いだした門司副官は、基地の厨房《ちゅうぼう》が破壊されているのを知って、金平糖が混ざった小さい乾パンの袋をもらってきて長官に差し出すと、中将はゆっくりと袋をあけて、一個を口に中に入れたので「歯は大丈夫なのか」と心配しますが、長官はポリポリと噛みながら、「副官は空襲慣れしているな」と話しかけます。

今まででも空襲のたびに胃のあたりにシコリができていたが、この一言で「中将の懐に包み込まれた気がした」と門司少佐は書いています。

恐らく、五十三歳の中将が固い乾パンをかじるのを見て「歯の心配をした」副官の表情を中

将は読みとったのでしょう。以心伝心とはこれを言うのだと思います。

こうして新竹基地に滞在中激しい敵襲が続きますが、豊田連合艦隊司令長官も同じ目に遭っています。赴任途中である大西中将は、いわば〝列外〟ですから、連日防空壕に閉じ込められて嫌気がさしてきます。

そんなさなか、T部隊の第二次夜間攻撃が鹿屋《かのや》から実施されますが、前夜に続いて戦果が期待されたものの、攻撃部隊はバラバラに帰隊し、新竹の司令部では掌握できません。

大西中将の宿舎も被害甚大《じんだい》で、窓ガラスは吹き飛び、漆喰《しっくい》も落ちて吹きさらしの状態です。そんな中で中将は、上着だけ脱ぐと毛布をかぶってベッドに横たわるのです。新竹滞在三日目になっても米艦載機の攻撃は執拗《しつよう》に続きます。台湾全土が襲われていたのです。

防空壕に閉じ込められていることに我慢できなくなった中将は、任地のフィリピンに上陸する前触れではないか？　と考えたらしく、「基地の外で空襲を観察」すると言いだして、基地近傍《きんぼう》の畑のあぜ道に座ります。

滑走路のはずれで胴体の下からモクモクと黒煙を上げているのは、中将を乗せてきたダグラス輸送機でしたが、これは搭乗員たちが気を利かせて油をしみ込ませたウエスに火をつけて機体の下から煙を出し、ダグラス機を〝被害機〟に偽装していたのです。

結局この日の空襲〝見学〟は不発に終わるのですが、基地内に戻って被害状況を視察します。

三日前には整然としていた新竹基地は、大きく様変わりしていました。そして十月十四日、T部隊の第三次攻撃が計画されますが、加えて二航艦全力で、敵の母艦群に総攻撃をかけることになります。

(3)「台湾沖航空戦」の惨敗と有馬正文少将の突入

こうして十四日から十五日にかけて、T部隊が打ち漏らした敵空母群に追い打ちをかける作戦が続くのですが、この日夕刻、T部隊の戦果報告が次のように届きます。

≪十二日及び十三日における当部隊攻撃参加帰還搭乗員の報告による攻撃及び偵察機に依る敵航空母艦出現状況を総合し両日における当部隊の戦果を判断するところ左の如し。
十二日　空母六乃至《ないし》八隻　轟撃沈（うち正規空母三～四を含む）
十三日　空母三乃至五隻　轟爆沈（うち正規空母二～三を含む）
その他両日とも相当多数艦艇を撃沈破せるものと認む≫

この電報は豊田長官も大西中将も当然読んだでしょう。

十月十五日、新竹からは戦爆連合二〇機が午前中に出撃します。これを見送った後、基地は慌ただしく復旧工事に入ります。豊田連合艦隊司令長官は横浜の日吉に建設された司令部に戻らず、大西中将もフィリピンへ発とうとはしませんでした。戦果が大きく報じられましたし、二航艦の総攻撃も始まります。そこで本格的戦闘が始まった現地で、戦況を確認したかったからだと思われます。

その日の午後から夜にかけて、出撃した部隊がばらばらと戻ってきますが、この日は天候が悪く、戦果は乏しかったのです。

そしてこの日は、中将の赴任先であるフィリピンのクラーク基地から一航艦も戦爆連合部隊が出撃しますが、二十六航戦の有馬司令官が一式陸攻に自ら搭乗して、敵空母「フランクリン」に突入して散華します。この有馬司令官自らが体当たりした影響は、残った若手搭乗員たちの心理に大きな影響を与えました。享年四十九歳でした。

このころの各司令部は、T部隊はじめ九州や台湾、更にフィリピンからの攻撃で「敵機動部隊に壊滅的な損害を与えた」ものと信じていたので、この機会に〝残敵〟を如何に始末するか、という意気込みでした。

翌十六日、豊田長官は台湾南部の高雄《たかお》基地に移動し、二航艦司令部と合流します。味方の戦果を信じ、新竹よりも設備が整った高雄で〝掃討作戦〟の指揮をとろうとしたと思われます。

そこで大西中将も長官に同行しますが、一式陸攻で使用できる機体はなかったため、搭乗員が基地の中をあちらこちらと移動させ、〝偽装炎上〟させて敵の目を欺《あざむ》いたダグラス輸送機に副官が行ってみると、機体は無事で搭乗員は「いつでも飛べます」と平然と答えます。多分、輸送機の搭乗員たちは歴戦の強者《つわもの》たちだったのでしょう。戦闘間に蓄積された生き延びる知恵を活用する、実にたくましいものをそこに感じます。

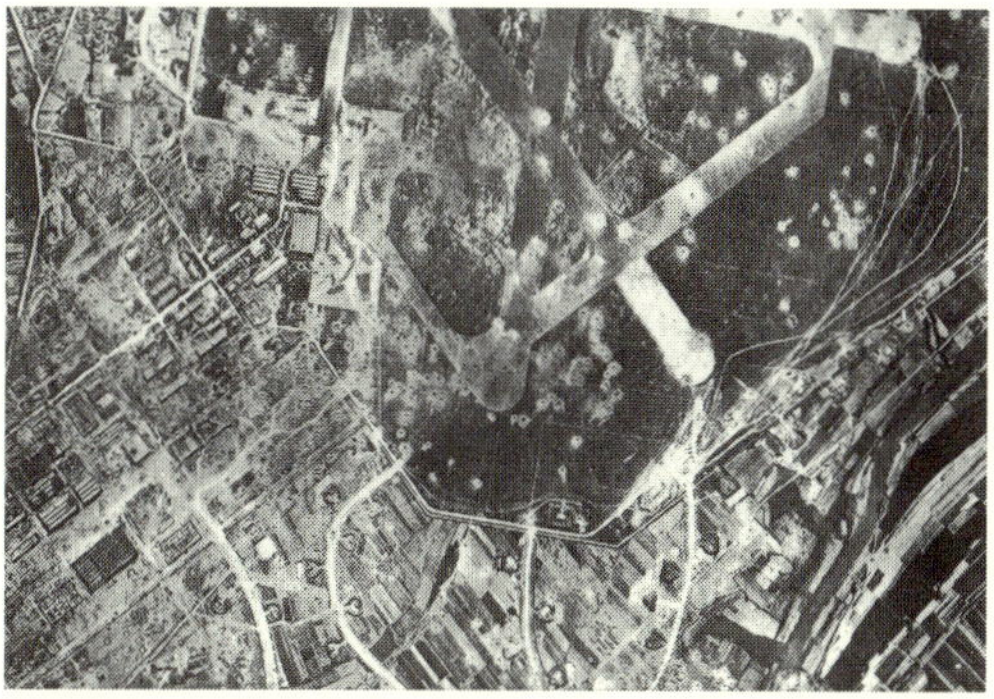
猛爆を受けた台湾の基地

ダグラス機は非武装の輸送機ですが、基地には既に護衛戦闘機もありません。しかし豊田長官と大西中将以下、参謀らを乗せて雲一つない台湾上空を南下して高雄に向かうのです。大胆というか無謀というか、それ以外に手はなかったからか、驚くべき行動です。敵襲に遭い、山本長官同様撃ち落されたら、帝国海軍の指揮系統は全滅するのですから。

一時間後高雄に着いた一行は驚きます。基地は惨憺《さんたん》たる有様だったからです。実は新竹よりも高雄など台湾南部の基地に対する攻撃の方が来襲機数が多く、その上、支那大陸から飛来したB－二九の大編隊に絨毯《じゅうたん》爆撃を受けていたのです。

B−二九の二回にわたる絨毯爆撃で、高雄基地に付随する航空廠《しょう》も壊滅的打撃を受けていましたから、一航艦長官に発令される前に軍需省航空兵器総局総務局長の職にあった大西中将が受けたショックは相当なものだっただろうと思われます。

二航艦司令部は基地から十キロほど東にある小崗山《しょうこうざん》の洞窟で指揮していましたから、豊田長官も大西中将もここに合流します。この草原一帯は秘密の滑走路になっていて、そのはずれに格納庫が建っていて中に急増の間仕切りの作戦室があり、司令部活動が続けられていました。このころから大西中将は、赴任途中という〝部外者〟的態度を改め、積極的に作戦に加わっていったようです。

黒板には、○や×や?のマークが描かれていましたが、その数字を加算した門司副官は驚きます。今までにない〝大戦果〟だったからです。

≪ミッドウェー作戦、ガダルカナル作戦、モレスビー攻略作戦、トラックの大急襲、あ号作戦、サイパン、テニアンの敵上陸…こういう負け戦の連続を、直接間接に身近で見てきた者にとって、黒板に書いてある台湾沖航空戦の余りにも大きな戦果は夢のような話であった。疑い深くなっていたせいか、この数字を見ても喜ぶ気になれない。何かこれは重大な間違いを犯しているのではあるまいか、私は秘かにそんなことを考えた。

しかし、素人の私が疑うまでもなく、二航艦の司令部では、柴田参謀を中心に、既に戦果についで重大な疑問を持ち始めていたようである。それを裏付けるように十六日の午前、索敵機が撃沈したはずの空母七隻を基幹とする有力な敵機動部隊を発見した》

この一連の出来事について公刊戦史には、こう記されています。

《二航艦司令部においては、十月十五日、従来の戦果判断に検討を加え、最終的に空母に対する戦果を大型、中型、合わせ四隻撃沈と判定した。つまり一群分程度撃滅できたが他の三群分は健在と見たのである。同じ十五日のそれ以前に、敵の空母三群は潰滅し、残るはわずかに一群、それも同日の航空攻撃により撃滅するであろうとする楽観的判断は、ここにおいてまったく形勢が逆転したのである。この判断における重大な訂正は大本営にも日吉司令部にも、報告されなかった模様である。ただ、豊田長官には十六日、長官が高雄に移動の際に報告されたものと思われる》

何というういい加減な幕僚活動ぶりでしょうか。しかも公刊戦史でさえも豊田長官に「報告されたものと思われる」という書き方をしています。勿論現場にいた長官は、知っていました。

だから大西中将も真剣に討議に加わったのでしょう。

もしここで壊滅的な損害を米軍に与えていたのであれば、赴任先のフィリピンに対する米軍の来襲は遅れるでしょうし、逆に戦果が過大で敵機動部隊が健在であれば、来襲時期が早まるからです。だから大西中将にとっては、この台湾沖航空戦の戦果の是非が決心を左右する重大事項だったことがわります。

既に明らかになっている通り、台湾沖航空戦の真相はわが方の惨敗であって、敵機動部隊は健在だったのでした。この重大な〝誤報の訂正〟が、大本営にも日吉の連合艦隊司令部にも届けられていなかったということは、爾後《じご》の陸海軍作戦に取り返しがつかない大きな齟齬《そご》を来《きた》すことになりました。そして、この時点で源田参謀が中心になって作ったT部隊構想は、全くの夢物語として潰《つい》え、その結果多くの優秀な搭乗員が〝無為《むい》に〟散ってしまい、ますます戦力の低下を招いたのでした。

翌日の十七日にも、敵襲は続きます。支那大陸からこの日も四～五〇機のB-二九が来襲し、高射砲の射程外である高高度から爆撃し、絨毯爆撃を終えたB-二九の大編隊は大陸方面に姿を消します。

(4)大西中将、フィリピンへ飛ぶ

防空壕から出てきた大西中将は、洞窟出口の蓆《むしろ》をめくったところで立ち止まり、「今日中にマニラに行こう」と言い、電信紙を副官に差し出します。そこには「敵がレイテ湾のスルアン島に上陸した」と部隊に知らせる内容が書かれていました。

門司副官は、直ちにダグラス輸送機搭乗員に伝え、高雄を飛び立ちますが、敵がレイテ湾に来襲しているという状況下では既にフィリピンの飛行場は艦載機の攻撃を受けているに違いない。ニコルス基地も同じだろう。ところが機長は状況を十分に承知していて、離陸すると一旦《いったん》西に向かい、ルソン島からなるべく西方に航路をずらして南下します。

よく晴れた日でしたから、敵襲を受ければひとたまりもありません。大西中将は左側の前方席に座り、じっと窓の外を見つめています。この時中将は何を考えていたのでしょうか？　多分一航艦長官として「次に打つべき戦法」を思い描いていたのでしょう。

ルソン島が見えたころ、無線連絡で、敵空襲は午前中で止み、今は大丈夫だと連絡が入ります。ダグラス機は真西からマニラ湾に向かい、高度を下げて一直線にニコルス飛行場に着陸します。

一航艦司令部は、ロハス通りというマニラ湾に面した海岸通りの端にありました。小田原参謀長に案内されてこの館の二階に上がった大西長官は、寺岡中将らとの任務引継ぎを終え、部隊を掌握《しょうあく》し、直ちに作戦計画の立案に入ります。

このころの一航艦の実動戦力は、一五三空＝「月光」三機、「夜戦」一機。二〇一空＝「零戦」七一機。七六一空＝「陸攻」二一機、「天山」三〇機、「彗星」八機とされていますが、台湾沖航空戦終了後の状況はさらに厳しく、全機種合わせて「四〇機」という有様でしたから、計画されている「捷一号作戦」を成功させなければならない任務を与えられている一航艦としてはきわめて劣悪な状態でした。

寺岡前長官と小田原参謀長を加えた三人は、一航艦の現状を語り合ったようですが、この時「大西中将から体当たり攻撃の話が出た」とされています。これが十七日の話なのかどうかは確認できませんが、多分この時三人で話し合った時に出たのだろうと思われます。

しかも、この時既に第二十六航空戦隊司令官の有馬少将が、自ら攻撃隊の一番機に搭乗して戦死していたのですから、現場には異様な雰囲気が漂っていたことでしょう。

有馬少将自爆の遠因は、誤報であった「ダバオ事件」で、一時セブ基地に退避した時の指揮官であったためだといわれています。有馬少将は、誤報とわかった後、分散が遅れたため大被害を受けた「セブ島事件」の責任を痛感していたのでした。これが原因で上司に当たる寺岡司令官が更迭され、大西中将と交代することになったからでしょう。

有馬正文《まさふみ》司令官は、十月十五日、一番機に搭乗する時「少将」の襟章《えりしょう》を外し、双眼鏡の名前文字を削り取って搭乗したといわれていますから、明らかに覚悟の上だったことがよくわかります。更に有馬少将は、常々「今次戦争では上に立つ者が死なねばならぬ」と言っていたといいます。つまり有馬少将は、海軍の伝統である「指揮官先頭」を自ら示したのでしょう。

しかし多座機である「陸攻」ですから、階級章を外した少将と同乗することになった搭乗員たちはどんな気持ちだったことでしょう。

これについては、八月十五日に大分から飛び立った「最後の特攻」、宇垣《うがき》纏《まとめ》中将の出撃時を

有馬少将機が突入した空母フランクリン

有馬正文少将（左）

停戦後特攻出撃した宇垣長官とそのクルー（前席・操縦：中津留大尉と後席・偵察員：遠藤飛曹長と宇垣長官）

思い出します。「自決するか、一人で行けばよかった。終戦になったのだから、部下をむざむざ道連れにする必要はなかったのに」という批判があります。しかし、操縦資格を持たない宇垣長官には、航空機による突入は不可能です。ならば、大西中将のように自決すべし、というのでしょうが、命によって敵艦に体当たりして散った部下たちのそばに行きたかったのではないでしょうか？それに従った中津留大尉以下、当時の部下たちの心境は、今のような〝平和〟の下に育った青年たちには理解できないことだと私は思いますが、個人的には自決すべきだったと思っています。

それは後にも書きますが、既に敗戦を予測していた嶋田海軍大臣は、ひそかに戦後復興のための人材を確保するよう、人事担当の寺井中佐に命じていたからです。だから私としても中津留大尉以下、宇垣長官に同行した優秀な部下達を戦後復興の貴重な人材として残すべきだった、それこそ上司たる者の務めじゃなかったのか、と感じるのです。

しかも既に停戦後です。万一〝敵艦〟に体当たりするか途中で敵機に遭遇して戦闘になっていれば、天皇のご詔勅《しょうちょく》に違反することになったことでしょう。

ここで少し余談になりますが、大西中将を無事にマニラまで空輸したダグラス輸送機の歴戦搭乗員に関する私の幼いころの記憶を紹介しましょう。私の母方の叔父・小野卓也陸軍軍曹もダグラス輸送機操縦員でした。

昭和十八年五月十日、福岡の雁《がん》ノ巣《す》飛行場に着陸しているとの連絡を受けた両親は、佐世保から私を連れて面会に出向きます。博多駅に着いたのは、午後十一時過ぎでしたが、叔父は一人ホーム出口で待っていたそうです。

四人で駅前旅館に宿泊しますが、「家内との話は尽きず、一寸《ちょっと》皆で仮眠しただけで、翌十一日、沖縄に向かって飛び立つというので飛行場まで一緒に行って、飛び立つのを確認して帰宅したが、これが一生の別れになってしまった。かわいそうなことをした。沖縄から子供に飴玉《あめだま》などを小包で送ってくださったが、間もなく戦死の報が入った」と父の日記に書かれています。

実はこの時、叔父がダグラス輸送機の操縦席を私に見せようとして、私を抱いて搭乗口のステップを登ろうとしたのですが、出発前のエンジン調整中で、すぐそばでブンブンとプロペラが回っているのが怖くなった私は体をよじって拒否し、遂に泣き出してしまったため叔父は搭乗口から引き返したのです。

駄々をこねる私を母の手に戻しながら、叔父が「そんな弱虫な男の子ではお国にご奉公できないぞ！」と笑いながら言ったそうですが、私はまだ四歳前でしたから怖かったのでした！しかしこのシーンは、なぜか未だに記憶しているのです。しかもブンブン回っているプロペラのそばで、整備兵たちが笑っている姿までも！

なんでこの時ダグラス機のコックピットに叔父と一緒に座って写真を撮らなかったのか！と残念でたまりません。今でしたら〝喜んで〟乗り込むところですが…。パイロットになった現在、この出来事が唯一の心残りです。

叔父は沖縄を発って南方に向かって以降、消息を絶ったそうですから、私には大西中将と行動を共にしたこの時の海軍ダグラス輸送機搭乗員の姿が叔父にダブって見えるのです。

その後、弱虫だった私が、念願かなってジェット戦闘機パイロットになれたのは、きっと叔父が見守っていてくれたからだと思っています。しかし、叔父はお国のために戦場に散りましたが、私は遂に「お国にご奉公」する機会がないまま退官してしまったので恥ずかしい限りです。

⑸現地に着いた大西中将の苦悩：「決死隊を作りに行く」

十七日夜、二階にある小田原参謀長の私室で就寝した大西中将は、翌早朝から起きだして、一階の食堂でレイテ湾の状況を気にしていました。

十八日の午前中、マニラは敵襲を受けますが、クラーク地区にも来襲します。いよいよ米軍のレイテ湾上陸は近いと思われました。

空襲が終わると、大西中将は車で十分ほど離れた南西艦隊司令部に三川軍一《みかわぐんいち》長官に会いに行きます。発令は「南西方面艦隊司令部付」だったからです。

この日レイテ湾には米海軍主力が侵入し、掃海作業を開始しましたが、輸送船団はまだ発見されていません。しかし上陸意図は明白です。

そしてついにこの日の夕刻、連合艦隊は「捷一号作戦」を発動したのです。大西長官は劣悪な戦力のままで作戦に参加して、レイテ湾に突入する栗田艦隊の援護をしなくてはなりません。

この時門司副官の推測では、大西長官が寺岡長官、小田原参謀長、花本航空参謀に体当たり攻撃についての決意を述べたのではないか？　と言っています。勿論実施部隊の意思も確かめねばなりませんから、ごく内輪の話だったろうというのですが。

十九日午前、わが索敵機が敵機動部隊三、四群を発見、更にレイテ島タクロバンの東南方洋上に輸送船団を見つけます。勿論この日もマニラ地区は、敵艦載機による襲撃を受けています。

午後三時ころ、大西長官は副官を伴い車でルソン島中部にあるクラークフィールドに向かいます。ここは十本以上の滑走路を主として陸軍が使用していましたが、海軍も協定を結んでこの

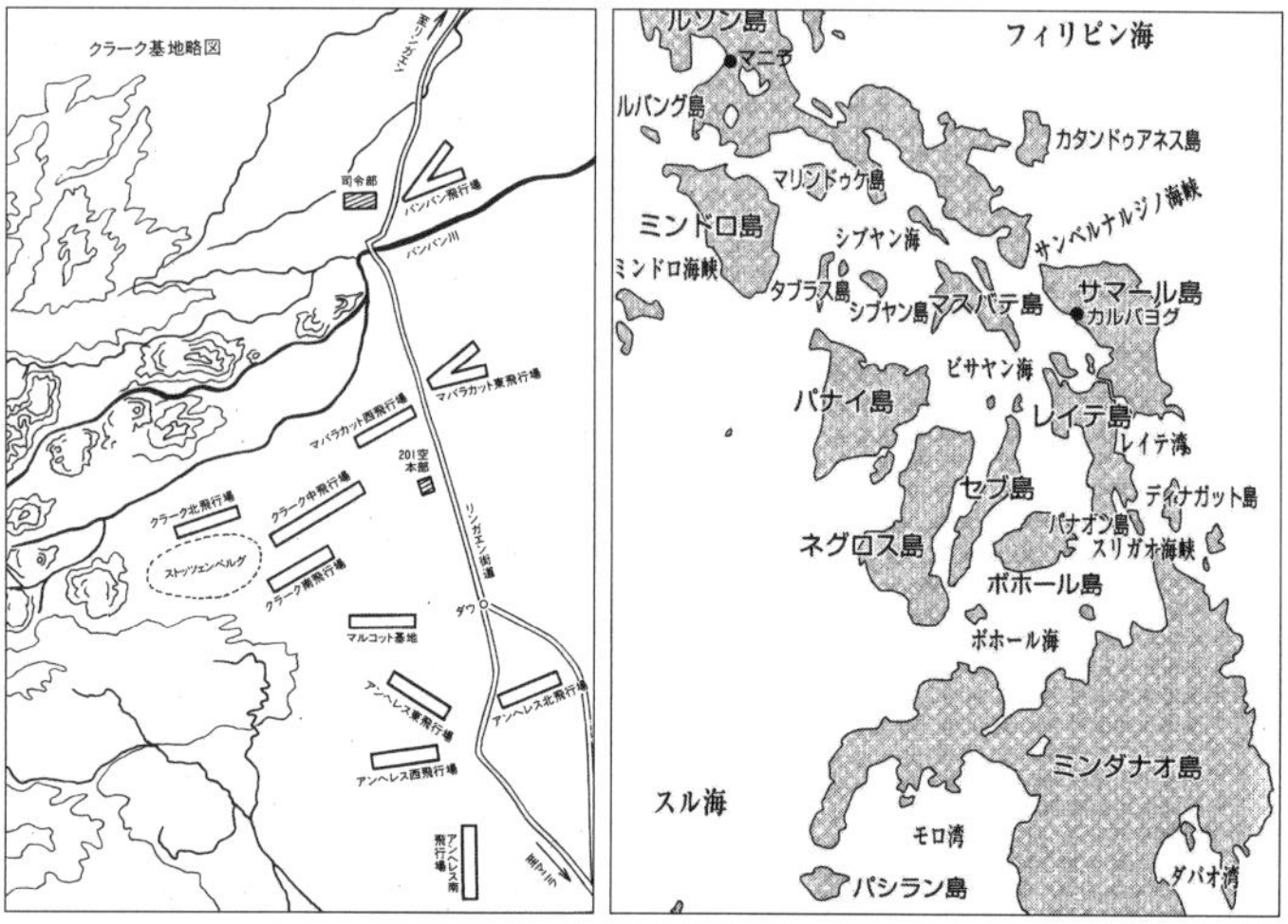

フィリピン方面航空作戦要図とクラーク基地概要図

飛行場群を使用していました。

有馬少将が指揮していた二十六航戦は、マニラからクラークに移動してきていました。セブ島事件以降は、七六一空も二〇一空もこの基地の一角を使用していたのです。マニラからは直線で一一〇キロほどでしたが、このころは既に治安が悪化していて、途中には抗日ゲリラが出没する有様でしたから、門司副官は、第三種軍装に着替えて軍刀、ピストル及び水筒を肩からかけて同行します。

そして、いつもは車に黄色の三角旗（将官旗）をつけるのですが、ゲリラの目につかないように取り外します。二時間半ほどの間、長官は車の中で考えごとをしていて、一言も口をきかなかったといいます。

やがて右手にアラヤット山が見えてきたころ、

長官が何か言います。聞き取れなかったので副官が耳を近づけると「決死隊を作りに行くのだ」と低い声で言います。そして大西長官はそれ以上言わず、再び沈黙するのです。

この時門司副官は、長官は「特別攻撃隊」とも「体当たり攻撃隊」とも言わず、「決死隊」と言ったと証言していますが、長官はずっとこのことを車の中で考え続けていたのでしょう。後で「決死隊という言葉を体当たり攻撃という意味で使ったのだろう。ずっとそのことを考え続けていたに違いなかった」と門司副官は推察し、そして「大西長官は二〇一空本部があるマバラカットに近づいた時、『決死隊を作るのだ』と口に出して、それまで思い続けてきたことに決着をつけたのかもしれない」とも回想しています。

この時の大西中将の胸中は、乾坤一擲の捷号作戦を成功に導かねばならない、しかし手兵はきわめて貧弱であり、台湾で経験した彼我《ひが》の戦力差を考えると、並大抵の攻撃では成功しまい…などと、いろいろなケースをシミュレーションしていたことでしょう。そして得られた結論が「決死隊」だったに違いありません。

そしてこの攻撃によって少なくとも空母甲板を使用不能にすることを目的にした〝決死的〟攻撃を考えたに違いありませんが、T部隊で予想以上の搭乗員の損耗《そんもう》を招いた今となっては、残った操縦員の練度は著しく低下していましたから、とても空母の甲板までたどり着ける保証はない。ということは「捷一号作戦」成功の望みが立たない。しかし、国運をかけたこの作戦は、大西中将の肩にかかっているから、必ず成功させねばならない、何とかして敵艦載機の動きを阻止し、栗田艦隊の輸送船団壊滅作戦を成功させなくてはならない…。窮地に立たされた大西中将の苦悩がよくわかります。

やがて車はマバラカットの二〇一空本部に着きますが、二、三回クラクションを鳴らしてようやく従卒らしい兵隊が扉を開けて出てきます。

「大西長官が来られたのだが、誰か士官はいないか」と言うと、やがて「油気のない髪を伸ばした、痩せ型の大尉」が現れます。彼は体調を壊して休養していた先任飛行隊長の指宿正信大尉で、「山本司令はマニラに出かけ、玉井副長は飛行場に行っております」と言うのです。

実はこの日、一航艦司令部は七六一空と二〇一空の司令にマニラへ集合をかけたのですが、二〇一空の山本司令と中島飛行長が午後三時近くになっても現れないので、大西長官が待ちきれず、自らマバラカットに出てきたのでした。このころの通信状態は非常に悪くなっていて、電話が通じないことが多かったのです。

そこで指宿大尉を乗せて三人は飛行場に向かいます。この時車に将官旗を立てますが、この周辺には陸軍部隊が駐屯しているので治安が良かったからです。

こうして車は「マバラカット東」飛行場に着き、三人が下りると、天幕の中から生え抜きの飛行機乗りである玉井浅一《あさいち》副長と、彼と兵学校同期生である砲術専門の猪口力平《いのぐちりきへい》先任参謀が立ち上がって、怪訝《けげん》そうな顔をして近づいてきます。

夕やみ迫る〝だだっ広い草原の飛行場〟に、飛行機が一機も見当たらないのは、近くの林や藪に隠ぺいしてあるからで、隠し終えた整備員たちが帰り支度をしているだけで、搭乗員は十人ほどだったといいます。コンクリートの滑走路があるわけではなく、「草原だけの風景は、高雄や新竹基地に比べると、何か質素で簡素で、余計なものがなかった」と副官は回想しています。

やがて長官が「今日わざわざやってきたのは、少しばかり相談したいことがあったからだが――。どうだろうね、ちょっと宿舎に一緒に帰ろうか？」と言い、大西長官は見送りに来た搭乗員に「乗れるだけ乗っていけ」と言います。大きな外車である長官車に、何か嬉しそうに搭乗員たち四～五人が後部座席に潜り込んで来て、車が動きだすと窓枠に手をかけてステップにも二人ほどが立ち、黄色い将官旗をなびかせて宿舎に戻ります。後方には、玉井副長の車が続きますが、これにも士官らが満載でした。

宿舎に戻ると、大西中将は二六航戦の吉岡忠一《ただかず》参謀を呼びます。彼は有馬少将戦死後の先任でした。そこで中将は「ちょっと話があるんだが、部屋はないかね」と言います。

本部といっても士官宿舎ですから、食堂のほかには適当な場所がありません。そこでベランダに出て、大西中将、猪口参謀、玉井副長、指宿隊長、横山隊長が椅子に座ります。明かりといえば、ビール瓶にヤシ油を入れて布にしみ込ませて燃やすカンテラだけです。

門司副官は「雰囲気は既に異様であったが、そういう緊迫した気配を感じながら、私はその場を外して階下に降りた。間もなく吉岡参謀が現れたので、階段の上まで案内した。吉岡参謀はベランダの扉を開けて、打ち合わせに加わった」とこの場の〝異様な光景〟を描写しています。

この時の様相は、戦後出版された猪口参謀と中島飛行長の共著『神風特別攻撃隊の記録』には次のように書かれています。

⑹特攻隊の編成

≪長官は皆の顔をずっと一わたりにらむように見回していたが、おもむろに口を切った。「戦局は皆も承知のとおりで、今後の捷一号作戦にもし失敗すれば、それこそ由々しい大事を招くことになる。したがって、一航艦としては、ぜひとも栗田艦隊のレイテ突入を成功させなければならないが、そのためには少なくとも一週間ぐらい、敵の空母の甲板を使えないようにする必要があると思う」

そこで長官はちょっと口をつぐんだ。長官の言葉に誤りはないのだ。敵空母から飛行機が飛び出しさえしなければ、七つの海を圧してその威容を誇る大和、武蔵の世界最大の巨艦が、レイテ湾内に火を吐き、ここ比島の一角にむらがる敵水上艦艇を徹底的に粉砕してしまうであろう。そこにこそ「捷号」作戦によって戦局挽回の端緒を求めようとする大本営の企図もあったのである。しかし手兵わずか三〇機、この小兵力をもっていかにして敵空母制圧の難事業を敢行しようとするのであろう？　私は大西長官の、何か深く決意を蔵しているらしい顔を凝視していた。と、長官はまた、静かに語を継いで言った。

「そのためには、零戦に二五〇キロの爆弾を抱かせて体当たりをやるほかに、確実な攻撃方法はないと思うが……どんなものだろうか？」

長官のたくましい瞳が、我々の顔を射るように見回した。私は思わず、ハッと胸打たれるものを感じた。居並ぶ全員も、粛然として声もない。

玉井副長の胸には、その瞬間ピーンと響くものがあった。これだ！　そう思ったそうである。我々がずっと前から考えていた、そして待っていたものはこれだ！　搭乗員も、整備員も、下士官も、八月初頭に二〇一空の編成以来、ことに触れ、時に際して、形こそ変わっていても、常に考え続けていたものは、この体当たり戦術への道ではなかったか？≫

やがて玉井副長が吉岡参謀に「飛行機に二五〇キロの爆弾を搭載して体当たり攻撃をやって、どのくらいの効果があるものだろうか」と聞きます。

吉岡参謀は、この二月に海軍大学を出たばかりで航空爆撃の専門家です。「高い高度から落とした速力の早い爆弾に比較すれば効果は少ないだろうが、航空母艦の甲板を破壊して、一時その使用を停止させるくらいのことはできると思います」と答えます。そこで玉井副長が「私は副長ですから、勝手に隊全体のことを決めることはできません。司令である山本大佐の意向を聞く必要があると思います」と言います。

すると大西長官は「実は山本司令とはマニラで打ち合わせ済みである。副長の意見は直ちに司令の意見と考えてもらってさしつかえないから、万事、副長の処置に任す、ということであった」と言います。

ところがこの発言は、二人はマニラで会っていないのだからいささかおかしい。もしもこの通り中将が言ったとしたら、中将は作り事を行ったことになる、と副官は考え、もし事実だとすれば、中将は現場にいる副長が自ら決意をしてくれないことには事が運ばない。そこで「玉井副長自身の意見を聞きたかったに違いない」と推察しています。しかし、後述しますが長官は電話で確認をとっていたのでした。

そして「決断を迫られた玉井副長は、既に心中は決めていたが、大西中将に中座を申し出て先任飛行隊長の指宿大尉と席をはずします。体当たり攻撃を公表した場合、士気を高めることになるのか、逆に悪い影響を与えるのか、二人の意見は部下を信じることで一致し、大西中将の意向に賛成することに決した」とあります。

そしてベランダに戻った二人は「体当たり攻撃隊の編成については、全部、航空隊にお任せください」と答申します。

前著（『神風特別攻撃隊』）には、この歴史的な打ち合わせの様子が次のように書かれています。

≪「うむ！」とうなずいた大西長官の顔には、沈痛さとともに、わが意を得たという色が浮かんでいた。こうして体当たり攻撃法の採用実施が決まった以上、直ちに攻撃隊の編成にとりかからなければならない。戦いは明日にも迫っているからである。大西中将は、その編成のできる間、司令の私室でしばらく休憩することになり、この歴史的な会議も終わった≫

二〇一空の方も、敵の高性能な防御戦闘機・グラマンF6Fと、激烈な対空砲火が待ち構えている中に、六〇キロ爆弾二発を搭載して動きが鈍くなった零戦で、勇猛果敢に突撃していかねばならない部下搭乗員たちに思いを馳《は》せれば、勇敢ではあるが命中率が低く、敵に効果的な損害を与えることができない以上、いくら効果的な敵撃滅法を考えてみても、他に策がないのは明らかでした。その上、効果が薄い攻撃のために、懸命に整備した機体を、生還が期せない

炎天下で作業する整備兵

グラマン F6F

であろう搭乗員に提供して、地上で彼らを見送る整備兵たちも苦しんでいたのです。

この姿を連日間近に見ている山本司令も玉井副長もその心境は同じだったといえます。

この〝異様な会議〟を垣間見て門司副官は、やがてベッドに横になりますが、窓の外には稲妻が光り時折驟《しゅう》雨《う》が襲ったと書いています。眠れぬままで横になっていると、低い、訓示でもしているような声が聞こえてきます。これは玉井副長が、甲飛九期出身の搭乗員を集め、「決死隊」ではなく、「体当たり攻撃隊」という悲痛な編成を行っていたのでした。

夜が更《ふ》けたころ、猪口参謀が、長官が休んでいる部屋の扉を「長官、長官」と低い声で呼んでノックします。中からすぐに「うむ」という長官の声が聞こえ、猪口参謀が入室し、三、四分後に揃って出ていくのを知った門司副官は、起き出してそっと階下の士官室兼食堂に下りていきます。

(7)関行男大尉、指揮官に選定される

≪私が、そっとドアを開けて入ってゆくと、「まだ起きていたのか」と、玉井副長が言った。私は士官室には、大西中将、猪口参謀、玉井副長、指宿大尉ともう一人の士官が座っていた。私は端の方に腰かけた。静かで落ち着いた雰囲気であった。猪口参謀が一人の士官に、「関《せき》大尉はまだチョンガーだっけー」と言った。

私はその時、初めて関行男《ゆきお》大尉に会ったのである。髪の毛をボサボサのオールバックにした痩せ型の士官であった。

「いや」と言葉少なに答えた。

「そうか、チョンガーじゃなかったか」と猪口参謀が言った。この人が決死隊の指揮官に決められたのだなと思った。そして、この会話で、今度の決死隊が、ただの決死隊でないことを悟った。関大尉は「ちょっと失礼します」と言って、我々の方に向けて、もう一つの机に向かって、薄暗いカンテラの下で何かを書き始めた。みんな黙っていた。

後で考えたのだが、あの時関大尉が書いていたのは新婚後まだ日の浅い奥さんへの遺書であったに違いない。(中略)戦後公表された彼の遺書は、実際の出撃までに余裕が出来たので、

改めて書き換えられたものであろう。大西中将以下が座っている傍で、遺書を書くというのは異常と言ってよい。

しかし、この夜更けの士官室の空気は、何か沈みきった落着きみたいなものがあった。緊迫もしていなければ、ちぐはぐでもない、沈着した静けさがあった》

こうして予科練出身の体当たり隊員が決まったのち、指揮官として玉井副長と猪口参謀によって関大尉に白羽の矢が立ったのでした。門司副官が士官室に入室したのは、ちょうど関大尉が、体当たり攻撃部隊指揮官を引き受けた直後だったのです。

ここでマニラに向かった山本司令と大西長官との行き違いについて書いておきましょう。

十月十九日午前、マニラの司令部から「午後一時までに二〇一空司令及び飛行長は出頭せよ」と命令された二人は、朝から空襲を受けていた上、敵上陸部隊攻撃準備で忙しく、自動車で基地を出たのは午後二時過ぎになったのです。

マバラカットを出てマニラに向かった山本司令は、大西中将の車とどこかですれ違っているのですが、将官旗を外していたからか、マニラに着くと中将と行き違ったことを知り、直ちに引き返そうとします。しかし、夜間地上を行くのはゲリラの襲撃に遭う恐れがあるため、ニコルス飛行場から中島飛行長の操縦する零戦でマバラカットに向けて飛び立ちます。ところが離陸後にこの零戦がエンジン不調になって田んぼに不時着するのです。この時の様子を中島飛行長は次のように書いていますが、如何に現地の戦力が質的に低下していたかがわかりますので、引用しておくことにします。

ニコルス飛行場では、零戦を一機引き出して整備員がエンジンを回していますが、中島飛行長がそばで聞いているとエンジン音がおかしいのです。飛行長は点火栓の交換を命じ、電信機を外した胴体の中に司令を乗せて、操縦席についてエンジンをふかすのですがまだおかしい。

《しかし日没は刻々と迫ってくるし、マバラカットまでわずか二〇分である。まあそれくらいは大丈夫だろうと、私は思い切って離陸した。エンジンが不完全なのに飛び出すことは、飛行機のりのタブーである。タブーを犯した私にはただちに天罰がやってきた。

離陸後、脚を上げようとしたがハンドルが硬くて上がらない。司令が座席の後ろから手を出して応援してくれるが、どうしてもだめである。私はあきらめて脚を出したまま行くことにした。脚を出しているのと収めているのでは、速力がだいぶ違うが、仕方がない。私は飛行場上空を旋回して針路を北にとった。高度計は四百メートル、機はマニラ湾上空にさしかかった。が、今度はガソリンの匂いがする。

ガソリンが臭うのは飛行機のりにとっては一番恐ろしいことである。それはガソリンがどこかで漏れているためで、次に来るべきものは空中火災であるからだ。これは大変なことになったぞ、と思ううちに愈々最悪の天罰がやってきた。エンジンが停止してしまったのである。驚く暇さえない。手動ポンプを突き燃料圧力を見る、燃料コック、スイッチと、私の手は忙しく働く。しかしエンジン停止時の操作をどうやってみても駄目である。

振り返って見たが、飛行場までは到底帰れない。陸軍の飛行場へも届きそうにない。海か畑に不時着するほかはない。私の頭の中にはとっさの判断が次々と浮かんでくる。

脚が上がっていればマニラ湾の水の上に降りるのが一番安全なのだが、脚が出ている今の状況では、何とか私は助かるだろうが、後部胴体内にいる司令の脱出は到底見込みがない。飛行機はエンジン停止と同時に、九〇度右旋回して、陸地へ向かっていた。マニラの海岸の道路が右下に見える。ここなら着陸は何とか可能であるが、万一左に回されて海中に転落したら司令はお陀仏である。これもいけない。ついに水田に不時着することに決めた。失速にならぬよう、速力計に注意しながら、私は座席を取り付けているピンを抜こうと試みた。着陸後火災を生じた場合に、司令の脱出を容易にするためである。右のピンは辛うじて抜いたが、左のピンは私の体重がかかっているのでどうしても抜けない。

然《しか》しこれは抜けなくて幸いだったのである。抜くのに成功していたら、座席がぐらぐらになって、私の操縦は不如意となり、あんなに上手な不時着はできなかったであろうし、また私は不時着の衝撃で大怪我をしていた公算が大きかったからである。

高度はぐんぐん下がって、マニラの町はずれのまばらな建物をやっと飛び越えて水田に出た。もうすぐ着くな、と思った瞬間にガクンと衝撃があり、水煙を立てて機は着地した。

然し奇跡的にも怖れていた転覆も火災も起こらず、ただ頭から泥水をかぶっただけ、着地の瞬間に両脚が折れて、二〇メートルばかり滑るという、極めて幸運な事態が起きたからである。座席の左のピンを外して司令はすぐ出てきたが、地上に出てからもう歩けなかった。左足首を骨折していたからである》

特攻隊出撃の記録写真に、山本司令が〝松葉づえ〟をついている姿が残っているのはこの不時着事故のためだったのです。

こうして二人は通りがかった陸軍のトラックに助けられて再び司令部に戻ったのでしたが、ここで大西長官の用件が「体当たり攻撃」にあったことを聞きます。

小田原参謀長からこれを聞いた山本司令は、不時着を非常に残念がりますが、マニラにいたのではどうしようもないので、さっそく「当隊は長官のご意見と全く同一であるから、マバラカットに残っている副長とよくお打ち合わせ下さるよう」という電話連絡を取るのです。

山本司令と関大尉（中央）

ですから、大西長官が「実は山本司令とはマニラで打ち合わせ済みである」と言ったのは正しかったのです。

翌日マバラカットに帰隊した飛行長は、昨夜のうちに関行男大尉以下二十四名の体当たり要員が決定し、神風特別攻撃隊という命名も済んで、それぞれ秘密のうちに待機していた玉井中佐から、昨夜の状況報告を受けます。そして非常に円滑に編成されたことを知ります。

このように現地は切羽詰まっていました。しかも手元にある二〇一空の残り戦力は、わずかに三〇機に過ぎませんし、飛行長自ら体験したように、器材の不具合も多かったのですが、敵は上陸を開始し、栗田艦隊は既に出撃途上にあります。このような窮地に立たされた大西中将こそ、心中穏やかではなかったはずですが、そんな泣き言は言ってはおれません。そのような中で、実に淡々と特攻隊が編成されていったことが窺えます。

(8)九期練習生の決意

しかし、「決死隊」ではなく、九死に一生すらない「体当たり攻撃」ですから、如何に戦況が悪化しているとはいえ、そう簡単に決心できるものでしょうか？

そこで「強制されたのだ」とか、ひどいものには「麻薬を飲まされたのだ」などという説さえ生まれます。時は昭和十九年十月、批判する人々に言わせると「軍国主義」の時代です。今の〝怠惰《たいだ》で平和な時代〟とは環境が全く違うことが理解できていません。

それでも搭乗員の中には「個人的事情」もいろいろあったでしょう。実際はどうであったのか？　大西長官の意を受けて席を立った玉井中佐は編成に取り掛かります。門司副官が低い話声を聞いた時の情景を、『神風特別攻撃隊』から引用しましょう。

≪玉井副長の脳裏には、大西長官が体当たり攻撃を口にした時から、既に「九期飛行練習生の搭乗員から選ぼう」という考えが浮かんでいた。九期飛行練習生と玉井副長との間には、前々から切っても切れない深い縁があったからである。彼らが練習航空隊教程を卒業して、まだ未熟な雛鳥として第一線の玉井部隊に入隊してきたのは、十八年十月、松山基地で彼が二六三航空隊（豹部隊）司令として飛行訓練を実施していた頃であった。

玉井中佐はこの雛鳥に大きな期待を寄せ、魂を打ち込んで教育したのであるが、十九年二月訓練半ばにして、彼らはマリアナ方面に急きょ進出を命じられ、戦闘に参加してしまった。

テニヤン、パラオ、ヤップの戦闘と、幾多の悪戦苦闘を続け、戦友の屍を乗り越えて転進又転進、八月初旬に新編の一航艦の二〇一空に編成替されて（この時玉井中佐は二六三空司令より二〇一空副長となった）比島の南部へたどり着いた時は、その搭乗員の数も三分の一の約三〇名になっていた。しかし彼らは、打ちつづく悪戦苦闘の賜として心身ともに鍛えられ、今ではそれこそ筋金入りの搭乗員となり、戦闘意欲もまたきわめて盛んであった。育ての親であり、また出撃しては、マリアナ戦の時から共に苦闘してきた玉井中佐は、自然彼らに対して親が子を思う「可愛くて可愛くてたまらない」というような深い愛情を持っていて、何とかして良い機会を見つけ、彼らを立派なお役にたたせてやりたいと考えていたし、彼らの方でも、玉井中佐には親に対するような心情を持ち、機に応じ折に触れては、その熱情を示していたのであった。したがってこの重大事の決定に当たって、まず玉井中佐の頭に浮かんだのが彼らであったのは、むしろ当然のことであった。

そこで玉井副長は、隊長と相談して、この九期練習生の集合を命じたのであった》

玉井副長はこの時の感激を、このように述べています。

《集合を命じて、戦局と長官の決心を説明したところ、感激に興奮して全員双手を挙げての賛成である。彼らは若い。彼らはその心のすべてを私の前では言えなかった様子であるが、小さなランプ一つの薄暗い従兵室で、キラキラと目を光らして立派な決意を示していた顔つきは、今でも私の眼底に残って忘れられない。

その時集合した搭乗員は二十三名だったが、マリアナ、パラオ、ヤップと相次ぐ激戦で次から次へとたおれた戦友の仇討ちをするのは今だと考えたことだろう。これは若い血潮に燃える彼らに、自然に湧き上がった烈しい決意だったのである≫

一部には、このような若い隊員たちの反応を、脚色だと評する方もいますが、当時の状況から、必ずしもそうは断定できないと私は受け止めています。しかし戦後七十年も〝平和〟の中に育った現代人が理解するのは非常に難しいことだと思います。しかし私は、航空自衛隊の操縦課程学生として二年以上も教官の指導を受けた体験と、その後四年四カ月に及ぶ、浜松での戦闘機操縦教官の経験から、痛いほどよくわかります。

昭和四十七年のある日、浜松での戦闘機課程を修了した若い航空学生たちの送別会の席上、新進気鋭の柴原教官と車座になって話し合っている数名の卒業生がいました。卒業後の彼らは、全国各地の戦闘航空団に配属され、本格的な戦闘訓練を受けることになるのですが、当時の仮想敵はソ連でした。

万一上陸船団が本土に迫ってきた時、F‐86F戦闘機の爆撃能力では戦果が挙がりません。そこで柴原教官が「俺は敵艦に体当たりする。貴様らは俺についてくるか？」と聞くと、卒業生たちは一斉に「ついていきます」と答えたのです。するとと柴原教官は笑顔になって「よ〜し、よく言った。飲め！」と彼らに徳利から酒を注いでいたのですが、今となれば何とも〝時代がかった話〟に聞こえるでしょう。しかし私は、門司副官の感想を読んで、当時も今も空中勤務者の持つ意欲と雰囲気は変わらないな〜と感じたものです。

玉井中佐は、機密保持上、他の搭乗員に対しては決して口外してはいけないと厳重に注意して彼らを宿舎に戻らせ、再び相談の席に戻ります。

ところで、参加する列機搭乗員は決まりましたが、彼らを引率する指揮官の決定は、玉井中佐が「指揮官には兵学校出の者を選ぼうじゃないか」と言いだし、瞬間ひらめいたのが同じく兵学校出身の菅野直大尉だったといいます。ところが菅野大尉は要務で内地に出張中でした。当時部隊には指揮官級の搭乗員は十四、五名いたそうですが、今度の任務上、人物、技量、士気の三拍子揃った優秀な士官でなくてはならない。そこに浮かんだのが関行男大尉だったのです。関大尉はもともと戦闘機乗りではなく本職は艦爆だったのですが、一カ月前に台湾からひょっこりマニラのニコルス飛行場に着任してきたのです。これも運命の糸だとしかいいようがありません。

連日多忙だった玉井副長は、彼とゆっくり話をする暇はなかったといいます。ところが関大尉は、熱心に戦局に対する意見を申し出、何度も何度も速やかに戦闘への参加を要求するのです。これを見た玉井副長は、菅野大尉と兵学校七十期の同期生でもあり、「なかなか話せる男だ」という印象が強まるのですが、そんなことが頭をよぎったのでしょう。

従兵に起こされた関大尉は、静かな足取りで部屋に入ってきて「お呼びですか」と聞きます。ダブりますがこの部分も『神風特別攻撃隊』を引用します。

≪玉井副長はすぐ傍の椅子を彼に進め、物音の絶えた夜気の静けさの中に、我々は向かい合った。玉井副長は、隣に座った関大尉の肩を抱くようにし、二、三度軽く叩いて、「関、今日長官がじきじき当隊に来られたのは「捷号」作戦を成功させるために、零戦に二五〇キロの爆弾を搭載して敵に体当たりをかけたい、という計画をはかられるためだったのだ。これは貴様もうすうす知っていることだろうとは思うが……ついてはこの攻撃隊の指揮官として、貴様に白羽の矢を立てたんだが、どうか?」と涙ぐんでたずねた。

関大尉は唇を結んで何の返事もしない。両肘を机の上につき、オールバックにした長髪の頭を両手でささえて、目をつむったまま深い考えに沈んでいった。身動きもしない。――一秒、二秒、三秒、四秒、五秒……

と、彼の手がわずかに動いて髪をかき上げたかと思うと、静かに頭を持ち上げて言った。

「ぜひ、私にやらせてください」

少しのよどみもない明瞭な口調であった。玉井中佐も、ただ一言、「そうか!」と答えて、じっと関大尉の顔を見つめた≫

関大尉の苦衷《くちゅう》がよくわかる一節です。いろいろな思いが交錯《こうさく》したことでしょう。

こうして部隊編成が終わり、特別だから部隊名をつけよう、ということになり、猪口参謀が思いついて「神風《しんぷう》隊というのはどうだろうか」というと、玉井中佐も「それは良い、これで神風を起こさなくちゃならんからなあ!」と同意します。

こうして会議を終えた猪口参謀が、大西長官の寝室に向かい「二十四名決まりました。隊長には兵学校出の関大尉を選びました。これは特別のことですから、隊名をつけさせていただきたいと思います。玉井副長とも相談しましたが、神風隊とお願いしたいと思います」と報告すると、大西長官が暗闇の中で「うむ」と頷《うなず》いたのです。

門司副官が階下に降りて会議の席に参加したのはその後のことでしょう。

「関はチョンガーか」という語りは、猪口参謀の著書には出てきませんが、関大尉が新婚間もない上に母一人子一人であったことは知っていました。

時に昭和十九年十月二十日の午前一時過ぎ、十月十一日昼過ぎに、副官・門司少佐が高雄基地に到着した大西中将に初めて会った日から、わずか十日足らずのことでした。

(9)特別攻撃隊指揮官、関大尉の苦悩

こうして実に淡々と、しかも短い時間で特別攻撃隊は編成されたのですが、編成命令は次のようなものでした。

一、現戦局に鑑み艦上戦闘機二十六機（現有兵力）を持って体当たり攻撃隊を編成す（体当たり機十三機）

本攻撃はこれを四隊に区分し、敵機動部隊東方海面出現の場合、これが必殺（少なくとも使用不能の程度）を期す。成果は水上部隊突入前にこれを期待す。今後艦戦の増強を得次第編成を拡大の予定

本攻撃を神風特別攻撃隊と呼称す

二、二〇一空司令は現有兵力をもって体当たり特別攻撃隊を編成し、なるべく十月二十五日までに比島東方海面の敵機動部隊を殲滅《せんめつ》すべし

司令は今後の増強兵力を持ってする特別攻撃隊の編成をあらかじめ準備すべし

三、編成

指揮官　海軍大尉　関行男

四、各隊の名称を、敷島隊、大和隊、朝日隊、山桜隊とす

この時、玉井中佐はひどい下痢に苦しんでいました。医務官に下痢止めを打ってもらうのですが、既に夜も更けています。すぐに体当たり攻撃の準備をしなければならない関大尉を、早く寝るようにと二階の部屋へ返すのですが、突然、降ってわいた体当たり命令を受けた関大尉は、眠れなかったことでしょう。

関行男大尉は、大正十年八月二十九日に、愛媛県西条市栄町で古物商を営む家に生まれ、現西条市立大町小学校、旧制西条中学校を経て昭和十三年十二月に海軍兵学校（七十期）へ進学します。父勝太郎は行男が海軍兵学校を卒業した昭和十六年前に亡くなっています。

夫の没後、母・サカエは古物商を廃業して、草餅の行商人に転じたといいます。父は、行男

が高等師範学校に進んで教師になることを望んでいましたが、行男は海軍兵学校に行くつもりでした。父は「今の戦争が長引けばそれだけ命を危険にさらすことになるぞ」と諭《さと》しますが「ぼくは教師など性に合わん。この非常時に事なかれ主義のなまぬるい生き方なんぞ我慢できんよ」と反論したといいます。

行男は学業優秀で文才もあり、またテニス部の主将として全国大会に出場した経験を持つ将来が有望な生徒でした。料亭での芸者遊びでも芸者にあまり関心を持たなかったといわれるほど潔癖だったようですが、一見して異性に対する関心はなかったようだともいわれています。

しかし、水上機母艦「千歳」に少尉候補生として配属されていた時、渡辺エミ子という鎌倉で有名な医者の娘から慰問袋を送られ、これが縁で関が横須賀へ戻った際に彼女と出会うのですが、彼はエミ子ではなく、同行していたエミ子の姉・満里子に一目惚れし、昭和十九年五月三十一日に、水交社で結婚式を挙げています。

その後は記述したように、台南海軍航空隊に転任し、九月二十五日付で運命の二〇一海軍航空隊に赴任し、十月十二日から十月十六日の台湾沖航空戦で戦死した鈴木宇三郎海軍大尉の後任として戦闘三〇一飛行隊長になっていますから、新婚生活は四カ月にも満たなかったことになります。

関大尉についてはいろいろな史料がありますが、十月二十日に同盟通信社の海軍報道班員、小野田政が訪問して関大尉にインタビューしようとした時、次のような出来事があったと言います。この日は関大尉が指揮官に指名された翌日です。

この時、関大尉は顔面を蒼白にして厳しい表情をしつつピストルを小野田に突きつけ、「お前はなんだ、こんなところへ来てはいかん」と怒鳴ったというのです。小野田記者が身分氏名を明かすと関大尉はピストルを引っ込めますが、『特攻─外道の統率と人間の条件』の著者の森本忠夫氏はこの行動を「異常な心的状況の中に身を置いていた」が故の「異常な行動」と書いています。

やがて少したってから、関と小野田は外に出て、マバラカット西飛行場のそばを流れるバンバン川の畔で語り合います。その際、関は小野田に対して次のように語ったというのです。

「報道班員、日本もおしまいだよ。僕のような優秀なパイロットを殺すなんて。僕なら体当りせずとも、敵空母の飛行甲板に五十番（二百五十kg爆弾）を命中させる自信がある！　僕は天皇陛下のためとか、日本帝国のためとかで行くんじゃない。最愛のKA（妻）のために行くんだ。命令とあらば止むを得まい。日本が敗けたらKAがアメ公に強姦されるかもしれない。僕は彼女を護るために死ぬんだ。最愛の者のために死ぬ。どうだ、素晴らしいだろう!?」

「命令とあればやむを得ない」という言葉があるのでいささか脚色されているような気がしないでもありませんが、玉井中佐に「貴様に白羽の矢を立てたんだが、どうか？」とたずねられた際、しばし沈黙の後「両肘を机の上につき、オールバックにした長髪の頭を両手でささえて、目をつむったまま深い考えに沈んでいった」彼が、その後髪をかき上げたかと思うと、静かに頭を持ち上げて「ぜひ、私にやらせてください」と言ったとされていますから、あまりにも唐突な話に心中複雑だったことでしょう。

そして門司副官が入室した時、士官室には、大西中将、猪口参謀、玉井副長、指宿大尉のほかに、もう一人、つまり関大尉がいたのです。やがて猪口参謀が「関大尉はまだチョンガーだっけー」と言ったので、門司副官は彼が関大尉だと認識したのですが、その「髪の毛をボサボサのオールバックにした痩せ型の士官」は「いや」と言葉少なに答え、その後「ちょっと失礼します」と言って、新婚後まだ日の浅い奥さんへの遺書をしたためたのでした。そして門司副官は「大西中将以下が座っている傍で、遺書を書くというのは異常と言ってよい」「しかし、この夜更けの士官室の空気は、何か沈みきった落着きみたいなものがあった。緊迫もしていなければ、ちぐはぐでもない、沈着した静けさがあった」と書いたのですが、突然、予想さえしなかった特攻隊の指揮官を命じられた関大尉の心境がよく表れていると思います。

関大尉が不満に感じたことがあったとすれば、それは「艦上爆撃機搭乗員」としての技量を確信し、プライドを持っていたからでしょう。勿論それに加えて新婚の妻、満里子や一人残すことになる母のサカエのことが脳裏をよぎったに違いありません。
関大尉の遺書は次のようなものでした。

≪父上様、母上様　西条の母上には幼時より御苦労ばかりおかけし、不孝の段、お許し下さいませ。今回帝国勝敗の岐路に立ち、身を以て君恩に報ずる覚悟です。武人の本懐此れにすぐることはありません。
鎌倉の御両親に於かれましては、本当に心から可愛がっていただき、その御恩に報いる事も出来ず征く事を、御許し下さいませ。
本日、帝国の為、身を以て母艦に体当たりを行ひ、君恩に報ずる覚悟です。皆様御体大切に
満里子殿　何もしてやる事も出来ず散り行く事はお前に対して誠にすまぬと思って居る　何も言はずとも武人の妻の覚悟は十分出来ている事と思ふ。御両親様に孝養を専一と心掛け生活して行く様　色々と思出をたどりながら出発前に記す
恵美ちゃん坊主も元気でやれ

教へ子へ　教へ子よ散れ山桜此の如くに≫

私がもし関大尉の立場に置かれたらどうだったろうか？　と考えるのですが、戦争を放棄した現代に生きている戦後育ちの一日本人ですから、とても心穏やかではいられないと思います。心酔している上官に言われるか、あるいは家内と夫婦げんかして、離婚訴訟にでもなっていれば別ですが…。

それに、小野田記者に語ったように、彼には爆撃に自信があったのでしょう。ベテランがどんどん戦死していく中においても、彼のような歴戦の勇士はまだ残っていたのですが、しかし、状況はそれを許さないほど切羽詰まっていました。

第二章　攻撃隊員たちの心境

1、迫る栗田艦隊の出撃

ここで大西中将が十月五日に軍需省総務局長を免ぜられてから、特攻隊編成に至るまでの軌跡《きせき》を簡単に整理しておきましょう。

＊十月五日　　大西中将、南西方面艦隊司令部付に発令
＊十月九日　　台湾着
＊十月十二～十六日　台湾沖航空戦と空襲を現地で体験
＊十月十七日　　マニラ着
＊十月十八日　　マッカーサー、レイテ上陸開始：捷一号作戦発令
＊十月二十日　　大西中将第一航空艦隊司令長官に発令。特攻隊編成：出撃の訓示

これを見ればわかるように大西中将は発令後わずか二週間、しかもその間五日間は台湾に閉じ込められた状態ですから、わずか十日足らずで特攻隊編成に踏み切ったのです。だから私は特攻隊編成の責任を一身に負わされて一航艦長官に発令された、いや、〝赴任《ふにん》させられた〟のではないか？　と推定したのです。海軍上層部の誰かから「余人持って代え難し」と肩を叩か

れて…。

赴任に当たって〝公的に〟特攻隊編成は命じられていなかったにせよ、時勢はそれを許さない状況にあったのだとはいえます。そして赴任途中で台湾沖航空戦の惨敗を目撃したのです。大西中将に与えられた任務は、レイテに上陸を企《くわだ》てているマッカーサー軍を撃滅せんとする、栗田艦隊の突入を可能にするため、米空母の活動を阻止することにありましたから、そのためには「命中率云々」と言っている暇はありません。攻撃は必殺攻撃でなければならないからです。弾を外すことは許されません。

そんな重要な任務に当たる鏑矢《かぶらや》となるべき者は、技量識見ともに優れた指揮官であるとともに、編隊員も技量の高いものでなければならなかった…。

では、決死隊と、必死隊とではどう異なるのでしょう?

万一攻撃途上で被弾した場合、帰還不可能だと見てそのまま突入した例は、ハワイ作戦よりも以前から、大陸でもたびたび起きていて、一般的にこれは「自爆」といわれていますが、諸外国でも起き得るものでした。

しかし、最初から全く生還を期すことができない「必死攻撃」は、大西中将自身が認めているように「統率の外道」であり、〝軍国主義〟下にあるわが大本営でさえも、諸外国のどこも踏み切れなかった攻撃法でした。命令を発する立場にある者としては、十中一でも生還の望みを残しておきたいものだからです。

しかし帝国海軍が生んだ「特別攻撃隊」は、十に一つの生還もなかったのですから、関大尉以下、特別攻撃隊に指名された各人の心境は、本人以外に知り得るはずはなかったといっていいでしょう。同時に、諸外国の軍隊にとっては、前代未聞の攻撃法であり、まさに〝想定外〟の戦法でした。そのような統率が実行できる軍隊とは、いったいどんな人間で構成されているのか？　と米軍側に畏怖《いふ》にも似た恐怖心が生じたとしてもおかしくはなかったことでしょう。

2、出撃

(1)大西中将の訓示

十月二十日、本部の前庭には、二十数名の搭乗員が整列していて、列の先頭に関大尉が立っています。木箱の上に長官が立つと、玉井副長が「敬礼！」と号令します。

搭乗員たちは一斉に長官に注目し、挙手《きょしゅ》の敬礼をします。長官のそばには、玉井副長、猪口参謀、それに稲垣浩カメラマンと門司副官です。この時撮られた貴重な写真のほとんどは稲垣カメラマンによるものだといわれています。

大西中将は、敬礼を受けると、整列している隊員をゆっくりと見まわしてから、重い口調で話し始めますが、大西中将は原稿を読む訓示をしませんのでこの時も正確な記録はないようですが、猪口参謀はこう書き残しています。

≪「この体当たり攻撃隊を神風特別攻撃隊と命名し、四隊をそれぞれ敷島、大和、朝日、山桜と呼ぶ。日本はまさに危機である。この危機を救いうるものは、大臣でも大将でも軍令部総長でもない。勿論、自分のような長官でもない。それは諸子《しょし》の如《ごと》き純真で気力に満ちた若い人々のみである。したがって、自分は一億国民に代わって皆にお願いする。どうか成功を祈る。

（話が進むにつれて、幾分体が震えているらしかった）

　皆は既に神である。神であるから欲望はないであろう。が、もしあるとすれば、それは自分の体当たりが無駄ではなかったかどうか、それを知りたいことであろう。しかし皆は永い眠りにつくのであるから、残念ながら知ることも出来ないし、知らせることもできない。だが、自分はこれを見届けて、必ず上聞《じょうぶん》に達するようにするから、安心していってくれ」そして最後にまた「しっかり頼む」と言って涙ぐんだ。……

　私はこれほど深刻な訓辞を知らない。これは青年の自負心をあおる言葉でも、それに媚《こ》びる言葉でもなかった。事実、日本はこれら身を殺して国難に殉じようとする青年の行為にのみ、その運命を託《たく》していたのである。実際、大臣や大将や軍令部総長や司令長官に、この圧倒的敵兵力を打破し、回天の端緒《たんしょ》を掴むどのような行為を期待しえよう？

もはや事態は人知を超えている。人智を超えていればこそ、今はこれら青年将兵の純一無垢《じゅんいつむく》な精神と、その精神の潔癖を保持しようとするみずみずしい気力をおいて、他に奇跡の現れようはずがないのだ。……≫

列席していた門司副官もこう書いています。

≪初めは普通であったが、訓示が進むにつれて、大西中将の体は小刻みに震え、その顔が蒼白くひきつったようになった。見ていても異様な姿であった。

訓示を聞いていて、私は、目の底がうずいたが、涙は出なかった。甘い感激や感傷ではなく、もっと行くところまでいった突き詰めた感じであった。稲垣カメラマンは、撮影を止められたのか、動くことが出来なかったのか、映画も取らず、直立して訓示を聞いていた。ちぐはぐな違和感が感じられず、純一な雰囲気であったのは、大西中将が自分は生き残って特攻隊員だけを死なせる気持ちがなかったからに違いない。はっきりした言葉には出なかったが、それは私にも分かったし、搭乗員にはもっと敏感に伝わったようである。命ずる方と命ぜられる方にズレがなかった。

並んで大西中将の訓示を聞いている搭乗員たちは、初めて見る長官に注目していたが、そのきる顔つきは、まだ少年らしさが残っており、そこから体当たりを決意した心中を忖度《そんたく》できる顔つきではなかった。

捷一号作戦に敗れ、フィリピンが敵にとられたら、南方からの石油の補給路は絶たれ、日本の命脈は尽きると、彼らはもちろん知っていたであろう。しかし、それよりも「あ号作戦」以前から常に前線にいて、敵の機動部隊と戦い、日本の劣勢をだれよりも身を持って感じていた。毎日、仲間の何人かが戦死していく。そういう明日をも知れぬ追い詰められた苦しい戦いをしてきた彼らにとって、大西中将の体当たり攻撃という提案は、それに応じて志願の手を上げる素地があったといえようか。もはや敵に勝つというのではなく、「負けたら大変だ」という意識が、敗色の濃い前線で戦っていたその頃の一般将兵の気持であった》

大西長官の特別攻撃隊出撃に際する訓示を、現場で直接聞いていた門司副官のこの感想は、当時の〝異様なまでに追い詰められた前線将兵たち〟の心情をよく表現していると思います。連日の出撃で、何人かが帰らぬ人になるという現実は、今の〝平和な社会〟に育った我々には全く想像もできないはずです。

こうして大西中将は、後世の史家から非難を浴びることを覚悟で、特攻命令を出したのであり、関大尉と同じ苦痛を味わったのです。

≪訓示を終わった大西中将は、木の箱から降りて、端の方から一人一人の手を握って歩いた。搭乗員たちは、ちょっと硬くなったり、はにかんだような顔をしたりして手を出していた。中将の握手は一人一人に時間をかけて丁寧であった。この若者たちは、もうすぐ死んでくれるのだ――顔を見つめ、そういう思いを自分に言い聞かせるような姿であった。

侍立《じりつ》している私たちは、じっと見ていた。そうしているうちに、大西中将と特攻隊員は、私にとって、何か別世界の人間になったように思われた≫

この描写も、胸に迫るものがあります。勿論私は特攻隊出撃には無関係な戦後育ちですが、航空自衛隊では飛行隊長として、飛行群司令として、二度の戦闘航空団司令として、隊員たちを送り出す場面には幾度となく出くわした経験があるからです。戦技競技会への出発、演習で他基地への機動展開など「決死隊」ではなかったものの、空中勤務者の常として、飛び上がったらいつ何が起きるかわからないという緊張感が常にあったからです。

しかし、大西長官の場合は、自らの命令で、人生の一番充実した時期を迎えんとしている前途有望な若者たちを、死地に送り込もうというのです。

操縦にも整備にも無関係な門司副官だからこそ、記述は、雑念のない素直な気持ちでこの

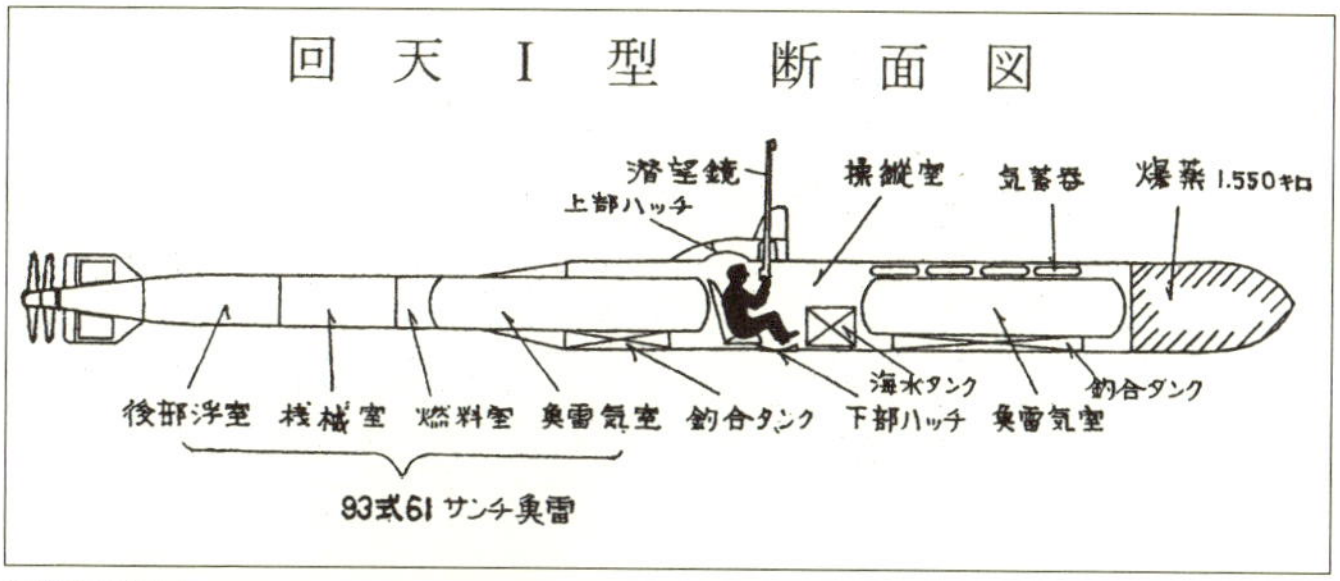

人間魚雷「回天」と、約1350kgの火薬が詰まっている弾頭
舵が小さく操縦は難しかったというが、まさに人間信管！
今ではコンピューター制御になっている…

〝異様な〟雰囲気を表現していますから、殊《こと》の外《ほか》胸に迫るものがあります。

さてその門司副官は、大西中将に接して間もないが故に、中将がいつごろ体当たり攻撃を決意したのはわからなかったと書いています。しかし、「確実に思ったことは、もし大西中将が若かったら、自分が真っ先に体当たり隊の隊長になったのではないか」と感じていました。

このころ既に内地では、人間魚雷「回天」はじめ、人間爆弾「桜花《おうか》」などの特攻兵器が開発され、部隊も編成されていましたから、大西中将が、特攻方式に無関心であったはずはありません。

米軍に鹵獲された「桜花」

米軍戦闘機に捕まった「桜花」搭載一式陸攻

　そこで推察できることは、大西中将といわず海軍士官であれば、ミッドウェーの大敗以降、じり貧になっていく帝国海軍部隊の行く末に危機感を持っていたはずでした。
　そこで立案されたT攻撃部隊の成果が期待されたのですが、大西中将はその不成功を直接見ることになりました。台湾沖航空戦で、夜間攻撃ができるベテラン搭乗員を含む多くの歴戦の搭乗員を失い、レイテへの敵の上陸を阻止すべき「捷号作戦」の直前にほとんどその主力を失ってしまったといってもよい状況に立たされたのです。
　こうなると後に残された戦法は「限られたもの」しかないのは自明《じめい》といってよかったでしょう。台湾で常に中将のそばにいた門司副官は、大西中将が体当たり作戦に踏み切った理由の一つに「T攻撃部隊の不成功がある」とみています。
　あ号作戦のような通常戦闘でも敗れ、台風や夜間という特殊状況下でのT戦法でも敗れ、なかんずく貴重なベテランを失い搭乗員も練度が落ちて、むざむざと敵の餌食《えじき》になる…、こうなれば、如何に慎重だといわれた大西中将でも、任務とされた捷一号作戦の目的を達するためには、残された戦法はただ一つしかない。それを自分の手でやろう、そう決意したとしてもおかしくはなかったというのです。その姿が、訓示を終えた後の長官の行動に結びついたと思われます。

⑵着任後最初の命令が「特攻隊出撃命令」

一人一人に握手し終わると、大西中将は最後に全員に敬礼をして、再び宿舎の士官室に戻り、二〇一空に対する特攻編成命令を書いたのですが、この命令書が、大西中将が正式に一航艦長官となって発した最初の命令になりました。

この日は曇っていたので敵の来襲もなかったのですが、索敵機も機動部隊を発見できませんでしたから、訓示が終わると隊員たちはそれぞれの飛行場に戻ります。

大西長官は見送るつもりでじっと待っていましたが、午後に出撃は中止になります。三時過ぎマニラに戻る決心をしますが、「その前に、みんなに会いに行く」と言って、マバラカット西飛行場に向かいます。舗装もされていない草原の飛行場で、北西の小さな丘に吹流しが一本立っていて、指揮所であることを示しているだけです。

そこに玉井副長が待っていて、崖についた小道に沿って長官を先導します。その崖の陰に小さな天幕が張られた特攻隊の待機所があります。

近くの草の上に関大尉以下七名が車座に座っていましたが、長官が近づくと一斉に立ち上がって敬礼します。門司副官は、関大尉以外の隊員は知りませんでしたが、のちに敷島隊と大和隊の隊員七名だったと知ります。

大西中将は答礼したあと、皆に草の上に座るように言い車座になります。そして猪口参謀が拡げた地図に沿って、索敵機からの敵の位置などに関して説明します。

この時の隊員たちの様子を、門司副官はこう記しています。

「彼らはみんな二十歳以下の若さで、傍で見ると、子供っぽさがなおさら感じられた。搭乗員は大西中将が話しかけると、はにかんだり、テレたりしていた。ウブでしかも気負いのない謙虚さがあった。私は特別な目で見ていたのかもしれない。この少年たちは、もうすぐ必ず死ぬのだ。どんな気持ちでいるのだろうか。心中に葛藤《かっとう》はないのだろうか――」

しかし、この時、バンバン川の河原で見た彼らは、本当に深刻ではなかった。何の夾雑物《きょうざつぶつ》も感じられなかった。

二、三十分、大西中将は、雑談をかわした。関大尉は無口で部下を眺め、隊員たちも口数が少なかったが、ささやかで、水入らずの雰囲気であった。

大西中将は、やがて、「では、わしは帰る」と言った。皆が立ち上がると、大西中将はのっそりと腰を持ち上げたが、私の水筒に目をつけると、「副官、水が入っているか」と訊《たず》ねた。私は水筒を肩からはずした。関大尉を右端にして七人が並んだ。大西中将、猪口参謀、玉井副長がその前に立った。私は水筒の蓋《ふた》をとって大西中将にわたし、それに水を注いだ。大西中将が飲み終えると、同じように猪口参謀、玉井副長に水を注いだ。そして玉井副長が飲み終えると、水筒ごと玉井副長に渡した。玉井副長は並んでいる関大尉以下の隊員に一人ずつ水を注いで飲ませ、また水を注いで飲ませた。大西中将はみんなの前に立って、黙ってじっと見ていた。バンバン川はすすきの多い河原で、十月の下旬であったからすすきの穂が、並んだ隊員の後ろに白く見えた。

水盃（手前後ろ向きが大西長官）

　私はその場に稲垣報道班員がいたことに全く気が付かなかったが、戦後になって彼が撮った水盃《みずさかずき》の場面のニュース映画を見ると、関大尉が水を飲むときに、私が白い湯呑茶碗を渡しているところが映っている。大西中将や猪口参謀、玉井副長に水を注いだのは間違いなく水筒の蓋であったが、そのあと水筒ごと玉井副長に渡してから、待機所にあった湯呑茶碗を持ってきて関大尉に渡したようである。関大尉はじめならんでいる七人の敷島隊、大和隊の搭乗員は、一つの湯飲み茶わんを次々に送って、玉井副長が水を注ぎ、それを呑んだのであった。

最後尾まで飲み終わると、大西中将は関大尉に近づいて一言二言何かを話し、それからみんなに向かって敬礼をした。稲垣カメラマンのフィルムを見ると、七人のうちの一人は、大西中将が敬礼してから歩き出し、他の人が列をといて答礼しているとき、すすきの方を向いて用を足している後姿が映っている。もちろん、誰も気が付いていないことであったが、よほど我慢が出来なかったのであろう。今、この映画を見直すと、若い搭乗員の自然の姿が出ていて、何かほほえましく、胸にこたえる。あの時の水入らずの雰囲気をそのままあらわしているように私には思えてならない。

大西中将は崖の小道を上がり、待っていた自動車に乗った。猪口参謀も玉井副長も特攻隊員も、崖を上がってきて見送った。時刻はもう四時頃であった。

大西中将と私を乗せた自動車は、また黄色い旗をはずし、夕暮れの道をマニラまで走った。二時間余りの間、大西中将は一言も口をきかなかった。

寺岡長官と大西中将は、その日の晩、正式の引き継ぎを終え、中央からも、この日、十月二十日付で大西一航艦長官の発令があった≫

長々と引用しましたが、私はこの時の様子が瞼《まぶた》に浮かんで離れないのです。記録映画でよく見ましたし、同時に、私の三十四年間の航空自衛隊員としての体験に酷似しているからです。この当時の海軍中将といえば、泣く子も黙る雲の上人です。

戦後の軍事史を読むと、陸軍に関しては特に「軍人が威張り飛ばす姿」が強調されていますが、戦前でも戦後でも同じ日本人です。威厳や教養という点では今の自衛官とは多少は差があるにしても、当時も「軍刀をガチャつかせて」国民を威圧していたのは少数だったでしょう。

特に陸・海軍航空隊においては、今も昔もこのようなざっくばらんな交流が展開されているのですが、ややもすれば特異な目で見られがちなのは、やはり「軍＝悪」という戦後教育の弊《へい》害《がい》から来ているのでは？　と思います。

大西中将は当時でも特に慈愛に満ちた人物であったにせよ、車座から立ち上がって、水筒の水で別れの契《ちぎ》りをするという戦場でのハプニングと、明日にも爆弾を抱えて体当たりする人間たちの自然な立ち居振る舞いを思う時、怠惰に過ごしている現代人には理解不可能ではないかと感じます。

3、搭乗員たちの心理（戦友会誌に見る）

⑴死を待つ心境

ところで、そのような〝残酷な〟環境下にあっても、青年たちは黙々と任務を遂行しました。与えられた航空機は古く、整備も追いつかず、決して満足できないものでしたが、彼らは一切文句を言わずに、敵艦目指して突き進みます。

雨あられのように降り注ぐ敵艦からの弾幕《だんまく》をくぐり抜け、魚雷や爆弾を投下し、敵戦闘機の追従を逃れて基地に戻る…。あるいは特攻隊のように、敵艦めがけて体当たりする。そんな状況下にある搭乗員たちの心境はどんなものか、もちろん、特攻隊員として敵艦に体当たりした英霊の言葉は聞けませんから、実戦体験のある搭乗員の体験談から、それを推察してみましょう。

A　古川正崇・海軍中尉（少佐に特別昇任＝大阪外語専門学校卒：現大阪外大：神風特攻隊振天隊長・昭和二十年五月二十九日沖縄本島周辺海上にて戦死）の場合

古川少佐は、昭和十八年九月、土浦航空隊に入隊する直前に母宛の遺書と愛用のマフラーに「さらさらと吹き来る春の風なれば、花の散るのも懐かしきかな」と辞世《じせい》の句を残し、

≪いくら死ねと言われたって、死ぬ決心はつくものではない。自分はやはり生に執着する。自分はとにかく平和を愛する。しかし、現実の問題として戦争はある。これが我が国の存亡にかかわるならば、自分と言えども起たざるを得ないではないか…

もともと自分は軍人になることをもって私の人生行路とはしていなかった。しかし今も自分は軍人として戦死する覚悟は持っている。

それはただ、私の人生航路における一変則であるだけである。自分の本体はやはり平和な文化人たることにある≫と日記に残しています。

彼は戦死するまでの間、日記を書き続け、素晴らしい詩と歌を残しています。生き延びていれば、素晴らしい文学に関わる功績を残した方だと思います。その中から、戦地での記録と戦死直前の日記をご紹介しておきましょう。

＊日記：昭和十八年九月二十三日

≪今日分隊長の諮問《しもん》があって、自分は大体飛行機に決定した様である。我が家に帰ることはできそうにないが、これは既に覚悟を決めて出てきたのだ。訓練が激しくなるにつれて、そんな考えも起きるまい。只母を恋うる気持には変わりがない。

フット一般の航空隊にでもまわることが出来ればそれもよい、というような感を持ったが、やはり自分が海軍を志願した以上、飛行機であるべきだったのだ。

今更命が惜しいと誰が言い得ようか。死ということは自分にとって苦痛であるけれども、既にそれを予想し覚悟してきたはずだ。こちらへきて学生たちの空気の中に自分の気持ちを入れ切れないで、自分は独り郷愁に更《ふけ》っている。

死を嫌い、兵をいやに思う自分が、而《しか》も兵隊となり必死を予想される飛行機を選び、祖国のために喜んで死にゆく事実を世の人は心して見るがいい。

＊日記：昭和十八年九月二十四日

文科系学校の徴兵猶予《ゆうよ》の特典が廃止された。学生にとってこれほど切実な問題はあるまい。然《しか》し国の危機のここまで切迫せることを思えば学生たちも決然起《た》つであろう。自分は日本の学生を信ずる。自分がふと嫌な気持ちを起こすのもこの閉じこめられた生活の故だ。かえって解放されているなら新聞などを通じ最も切実な現状を知り得るであろう。これによってこそ自覚的に国家の危機に殉ずる精神が出来るのだ。閉じ込められ強制された生活は例えそれが将来のためであっても若い我々には反発の気持ちが起きるであろう。自分は自由の精神を尚《とうと》ぶ。自覚の上にこそ行動も正しくなる。自分の信ずるのはこれだ。

然し自分は国家の危機を思う時、そんな論議を捨てねばならぬと思う。日本のためなら一身を捧げえるという気持ちは正しいものだ。ただ日本を為にするものの為に自分を捨てると考える時自分の気持ちが暗くなる。**自分が真実のまじめな考えに更ける時、一方において安逸《あんいつ》の生活をむさぼっている人間を考える時に自分の気持ちは不公平な階級を恨むのだ。われらは死は嫌だといっても戦死を覚悟している。死ぬことを知っていても敵の中に飛び込んで行ける。この気持ちは、たとえ自分が孤独であると知りつつ、自分の周囲にこれを聞いてくれる人を持ちたいのだ。**

友達に会いたい。特に自分を予備学生にする決心を与えた林の純真な気持ちを聞いてみたいと思う。林が軍隊生活をするときどんな考《かんがえ》を持つだろうか。林の子供のような無邪気さと言えども純情にあふれた熱情。そこに得る者は多い。嗚呼《ああ》ともに会いたいと切に思う。

＊日記：昭和二十年四月二十五日夕

お母さん、お元気のことと思います。龍（甥の龍吉）ちゃんもお姉さんもお元気でしょうね。兄さんも姉さんもお元気でしょうね。兄さんも戦地で元気に働いておられることと思います。正昭ももう軍隊で張り切っているでしょう。そういう私も、病気一つせず飛び回っています。サイゴンの近郊ツドモを三月の下旬に出てそのまま飛行機でジャワのジャカルタまで行きました。ジャカルタは実に物資豊富でしかも空襲一つない世界一の平和なところとも見えましたがそれもわずかで、今はここ台湾、新竹の飛行場で、しかも神風特攻隊の一員として日々緊迫した生活を送っています。

毎日飛行場からは沖縄の戦場へ攻撃に出発する飛行機が飛び立ちます。幾日かの後には私もその一員となって、敵の艦船に突っ込んでゆくことでしょう。

人間生を受けた限りは、好んで死に向かいたくはありません。私の若い命、私はまだまだこの世のためにしておきたいと思うことがたくさんあります。私はどんなにしてでもお母さんのおそばで平和な生活を送りたいと考えます。しかし神州に敵の足音を聞くとき、そんな平時の考えは捨てねばならぬと思います。いやでも何でも敵はやっつけねばならぬのです。

故郷で平和に暮らした日々のことが偲《しの》ばれます。今の生活はあの頃に較べてははるかに贅沢《ぜいたく》です。けれどもあの時のような静かな楽しみは、やはり見ることが出来ません。

今となっては、何も書くこともありません。平生《へいぜい》、近所の方々にも、親戚の人々にもご無沙汰ばかりしておりますので、どうかよろしくお伝えを願います。敵の空襲は非常に激しいそうですがどうかお母さんにはそんなことに負けず、長生きをしてください。私の室にはいろいろ書き散らしたものなどたくさんありますが、もし出来るなら奈良の宮軒桂三君にでも頼んで少しは整理してもらって下さい。その他書類や机など、龍ちゃんに残してやって下さい。私が苦心して買い集めた本も龍ちゃんのものになると思えば嬉しい気がします。龍ちゃんも大きくなって私が読んでいたようなかなり難しい本でも読んでくれるようになると、こんな本を集めた私という叔父さんのことをも思い出してくれるに違いありません。

お母さん、どうかお元気で、姉さんと龍ちゃんと三人、いつまでも元気でお暮しください。その中《うち》にきっと日本にとって、もっと輝かしい平和な日が来ることと思います≫

古川中尉は出撃まで台湾で過ごしますが、四月二十六日にも母に手紙を書いています。ほぼ同じ内容ですが、文体が「候文」に書き改められ、末尾には、
「散る時に惜しまれてこそ桜花　長きつぼみの甲斐はありけれ
わだつみの仇《あだ》ねどもをたいらげて　ますらたけをといわれてしがな
生き死にも一つの道につながれば　その道のみを歩むべきかな」
という辞世を加えています。
その後敵艦隊と天候待ちが続きますが、一度出撃したもののエンジン故障で洋上に不時着し、基地に帰還したようです。
その間、母に対する思慕《しぼ》の念はますます高まっていきますが、いよいよ最後の瞬間が来ます。これが彼のこの世との決別の手紙です。

＊日記：昭和二十年五月二十七日

≪お母さん、先に最後を覚悟してお手紙をしるしたのですが、その後天候が毎日悪く、一時は飛行機に乗ったこともありましたが、結局今まで攻撃が延びてきました。然し天気がいつまでも悪いということはなく、天気さえよくなれば必ず出撃するのですから、毎日今日が死ぬ日とそれを待ってゐるわけです。

死ぬのは怖いことです。人間死ぬ気になれば何でもできると思ひます。けれども案外死に直面してみると簡単なやうです。飛行機に乗って終《しま》へば地上で考えるような迷ひなどはなくなって、一筋に任務を尽くす気持ちが起きるものです。ただ、うまく敵艦にぶっつけられるかとそれのみ考えます。途中で敵の戦闘機にでも墜されれば特攻隊も一文の価値もないものです。私の乗ってゐる飛行機は支那事変以来の旧《ふる》いものです（九七式艦上攻撃機と思われる）。しかし、この飛行機を使わねばならぬほど、戦局はすすんでゐるのです。ここに同封しました振天隊員の写真の中で、今生きてゐるのは、ほんの数えるばかりです。私も一度出撃して、発動機の故障で海上に不時着しました。

もう駄目かなあとのんきに考へたりしましたが、とにかく島まで何とかたどり着いて、島の人に親切にしていただき、たらひの中で湯をかぶった時は本当に生きてゐたという気持ちがしたものです。人間は必ず死なねばなりません。今更死を恐れて何としませう。

之《これ》で生きてゐたなら、先に死んでいった同期の者に申訳ありません。今日も雨で天気が悪いです。けれどもいつ出撃となるか知れません。この手紙の最後の日付が私の命日です。

先日、私と共に攻撃に出る隊員の写真を同盟の報道班員にとっていただきました。これは家の方へ送ってくれるさうです。右より私、伊東上飛曹、笠井中尉、伊藤一飛曹です。

生前、お母さんには御苦労ばかりかけて、私としては何一つお母さんをお慰めする事もありませんでしたが、一家本当に幸福に暮らしたことを思ひ、こんな有難いことはないと思って居《お》ります。ある人の歌に、「十億の人に十億の母あれどわが母にまさる母あらめやも」といふのがありますが、実に母を持つ身の幸せをよく詠《うた》ってゐます。

私は三人兄弟の中でも一番安楽に暮らさしていただきました。私が真先に死ねるなら、兄ちゃんと弟とは、私の身にかへて護《まも》ろうと思ひます。私には一髪の遺髪《いはつ》も一片の遺骨も残りません。けれども、私のかたみは私の室の至る所にあるだろうと思ひます。机に向かっていた時の私こそ、本当の姿であり、私の本当の幸福だったのです。

出征以来お便りもしなかった親籍（ママ）の方々、近所の人々、私の友だちなど、何とぞ宜しくお傳《つた》へ下さい。

姉さんには身の廻りなどいろいろお世話になりました。姉さんが来られてから我が家は一層幸福になりました。そのお礼といふのは変ですが、もし、死んで本当に魂が残るものなら、私は九段から、氏神様から仏壇から、きっと龍ちゃんを守るつもりです。

それではこの手紙の最後の日付の日没の頃、午後七時か七時半頃が、私が沖縄の敵艦に突っ込んだ時です。

死んでから魂があるならどんなに楽しいでせうか。お母さんの笑ひ顔も見られるでせうし、龍ちゃんの楽しさうな様子も見えるでせう。今はそれを楽しみにしてゐます。私にも神と言われる日が来るのなら、お母さんは神の母となるのです。その幸福を謝しませう。私はきっとお母さんを護ります。

この手紙、嬉しく書きました。お母さんも笑ってこの手紙を読んでください。では雨の音を聞きつつ　さやうなら

昭和二十年五月二十七日、朝、於新竹　　正崇

o

天気は降ったり止んだりです。けれどももうそろそろ暮れてきさうです。　五・二八

o

今日は空も快晴となりました。いよいよ出撃です。では、お母さんの御多幸をお祈りしつゝ

五月二十九日　》

古川中尉は、特攻出撃待機を経験していますから、その間に思いのたけを日記に残しました。しかし、フィリピンで、就寝中に従卒《じゅうそう》に起こされて突然特攻隊長に指名された関大尉以下、九期練習生たちにとっては、覚悟はできていたとはいえ〝青天《せいてん》の霹靂《へきれき》〟でありまさに「突然の〝死刑執行〟」ともいうべきものでしたからおそらく頭が混乱したことでしょう。それは関大尉の遺書に表れていますし、その後の報道班員の証言からもよく窺《うかが》えます。

文科系専門学校を卒業して第十三期予備学生として海軍に入隊し、飛行機乗りになった古川中尉の場合は、逆に特攻精神が徐々に芽生えて冷静に分析していったのではないでしょうか？

昭和 19 年　ジャカルタ基地にて

昭和十九年十月二十四〜二十五日、関行男大尉以下、敷島隊による特攻攻撃の華々しい戦果が大々的に報道されましたが、古川学生が入隊したのは昭和十八年九月であり、十九年五月に少尉に任官後、ジャカルタ基地に転出し、インドシナ方面航空作戦に参加。戦場の過酷さを体験しつつ、フィリピンでの特攻作戦を知ったからです。

いずれ自分も…と感じたままを日記に綴《つづ》っていますが、その後昭和二十年四月に中尉に昇任すると、大西中将がつぶさに米軍の航空攻撃を体験した台湾の新竹に転進します。そして母への手紙にあったように、出撃待機して一度はエンジン不調で墜落して生還しますが、その後はじりじりと待機を続けつつ、五月二十九日に母への最後の手紙を残して、沖縄本島海域にて体当たり戦死したのです。

関大尉は、決心の余裕さえなかったことでしょうが、古川大尉は、それなりに戦況の只《ただ》ならぬ状況を知っていましたから、次第に覚悟していったことがわかります。しかし、じりじりと出撃を待つ心境はいかばかりだったことでしょう。

(2)突撃時の心境

＊艦艇攻撃訓練の私の体験から

ところで戦後、多くの特攻隊物が出版されましたが、特攻隊員が目標に突入する、その最後の数十秒間の心理を真っ向から取り上げた作品がないのは、当然、奇跡の生還をしない限り記録は残らないのですからやむを得ないでしょう。つまり、私が言う、彼らの心の叫びは誰も知り得ないのであり、死者に口なしとは言わぬまでも、生者たちによる一方的な解釈しか残されていないような気がしてなりません。しかし、少なくとも彼らの行動を〝批判する〟ことは、生者にはできないはずです。

とりわけ私が不満に思うものは、飛行機のコックピットに座ったこともない、戦争及び軍事訓練の実態を知らない人たちが、想像と〝東京裁判史観〟に基づいて、戦争を知らない若者たちに誤った戦争観を植え付けていることです。

〝素人〟であるが故の未熟さは別にしても、中には戦争体験者であるにもかかわらず、例えばミッドウェー作戦などに関して、戦後になって意図的とも思えるような自己弁護的解説をしている方がいるのは、亡くなった戦友に対する侮辱ではないでしょうか？

戦争史を確実に残すことは非常に困難なことだとはわかっていますが、同じ操縦席で三十四年間、三千八百時間も過ごしてきた私としては、彼らの心境、特に目標を視界にとらえてから突っ込むまでの心理状態を知りたいと考えてきました。私も、彼らと同じように、狭い操縦席は「職場であると同時に〝棺桶〟」だと認識していたのですから……。

恐らく彼らは、目を皿のように見開き、最後まで目標を追い続け、目標の突っ込む場所めがけて、剣道で「ヤー」と気合をかけて突進するように向かって行ったに違いありません。そしてその瞬間に「天皇陛下万歳」、あるいは「鬼畜米英！」とか「妻や母、父の名」を絶叫したかもしれません。しかし今となってはそれを証明することはできないのです。

この写真（次頁）は、私が百里《ひゃくり》基地のファントム飛行隊長時代に、鹿島灘沖の洋上で海上自衛隊の艦艇を攻撃する海空訓練時の一コマです。四機で海上自衛隊の艦艇群に襲い掛かり、異

海空訓練のガンカメラの映像（艦砲が確実に私を狙っている！）

方向から二機ずつそれぞれの目標に対してスキップ攻撃、次いでロケット攻撃を加え、最後に機関砲射撃を加えるのですが、攻撃の成果を判定するため照準装置の記録映像を審査するのです。これはその一コマなのですが、よくご覧になればわかるように、海自艦艇の艦砲は、確実に私をとらえています。

そこでフィルム審査中に、後席に乗っていた部下に向かって「おい、どちらの弾が最初に当たるかな～」と聞くと、「隊長、間違いなく艦砲ですよ。彼らは洋上に浮かんでいるとはいえ、レーダー照準で発射する速射砲ですが、こっちは三次元の空中です。而も目標をとらえて攻撃経路に入るまでは、こちらは撃たれるばかりで攻撃できません。最初に火を噴くのは間違いな

今も昔も変わらぬ出撃前の待機所風景
百里基地305飛行隊のパイロット達（左）と昭和20年6月の出撃を待つ鹿児島基地の戦闘303隊員たち（右）
【その後山本3佐（左から2人目）と高柳2尉（右端）は百里沖海上で殉職した】

くこっちですよ」と言うのです。

「では、弾が当たって火を噴いたら、俺はそのまま突っ込むから、貴様はベイルアウトして生還し、改めて出撃するのだな」と言うと、若いパイロットはこう言いました。

「隊長、今は訓練ですから、墜落したら海自は必ず救助してくれますが、実戦では相手はソ連です。彼らの前で落下傘降下すれば間違いなく虐殺されます。私も隊長と一緒に突っ込みます」と。

私は非常に感動したものですが、フライトルームにいた他のパイロットたちは「おい、○○、勤務評定が近いからな～」と言って、手もみする仕草をして彼をからかいます。すると彼も「バレたか～！」と頭をかくのです。

こんな好青年たちと過ごした私は、大西中将の副官・門司少佐が記録した、出撃前の特攻隊員たちの心情の一端がよく理解できるのです。当時も多分こんな雰囲気だったに違いありません。

では、実戦で艦砲が火を噴く中を突っ込んでいく時の気持ちはどうなのでしょうか？

次に幸運にも「通常攻撃」から生還した戦士の記録を紹介します。

(3)昼間雷撃攻撃隊の記録

B　海軍大尉・福地栄彦氏（第一〇〇一空）の場合

手元に「一〇〇一空・戦友会会報」という冊子があります。これは旧海軍陸攻部隊の記録です。福地栄彦会長の仁徳《じんとく》と、事務局長の宇田川駒次郎氏の献身的尽力で発行されてきた第一級史料だと私は思っていますが、その中の歴戦の勇士である福地大尉の戦場体験談を、福地大尉の臨場感ある生の声を伝えるため、引用の形でご紹介しておこうと思います。

＊昭和十七年十一月十二日、ガ島ルンガ沖敵艦雷撃命令

昭和十七年十一月十二日、福地大尉はガダルカナル島爆撃準備を命じられますが、突如「敵大型輸送船が十数隻の巡洋艦・駆逐艦に護衛され、ガ島ルンガ岬に停泊中」との偵察機からの報告が入ります。この報を受けた司令部は、直ちに「爆撃から雷撃」に変更しますが、その時の異様な部隊の雰囲気を次のように表しています。

≪司令の沈痛な顔つきに引きかえ、地上勤務員の歓声、あまりにも地味な長い間の地上作業に対する鬱憤《うっぷん》か。昼間の雷撃では生還は期し難い。特に敵航空基地の眼の前である。

「チェッ！　到々《とうとう》きやがった」ひげ面の搭乗員がつぶやく。純情一徹な山本兵曹が胸の内ポケットから、写真を出して一瞥《いちべつ》して細かく千切って空に投げた。重慶作戦頃から肌身離さず持っていた恋人の写真だった。いっさいを清算して死に向かう彼の淡々たる横顔。フット肉親の面《おも》影《かげ》が脳裏をかすめる。

「俺たちは生きて内地へ帰れるなど夢にも考えられない。どうせ死ぬんじゃないか。半殺しみたいな毎日の生活より、いっそ一思いの方が却《かえ》っていいいぜ」それらの思いを打ち消すように大声でS兵曹が言う。

当時、ガ島の味方の陸軍は、飛行場奪還のため、敵前上陸した一木支隊が全滅し、続いて那須旅団が全滅したので、強力な仙台の丸山師団が上陸し、マタニカウ河付近より幾多尊い犠牲をも顧《かえり》みず、敵飛行場に突撃を繰り返した。丁度、敵は浮き足たったところで、千載一遇の時であったが、後援部隊が続かず極めて重大な時期であった。

この際、敵輸送船団のルンガ入港成功の場合、味方陸軍の血の犠牲は水泡《すいほう》に帰するばかりか苦境に追いつめられる運命にあった。我々海軍航空隊は、いかなる犠牲を払っても、この船団

福地中尉と１式陸攻（左から３人目が福地中尉）

を撃滅せねばならない。

私も覚悟はしたものの心の底の動揺はどうしても静まらなかった。太陽は東の空に昇り始めた。魚雷員が土煙を立てて魚雷を五、六本づつ牽引車で運ぶ。指揮所では隊長らが攻撃隊の編成に大童《おおわらわ》である。各航空隊とも、連日の攻撃でほとんど消滅していた≫

この地上での状況は、空中勤務者と地上勤務者との感覚の違いを率直に表していて非常に貴重だと思います。地味な作業に疲れている地上勤務員と、二度と帰れないことを悟って恋人の写真を千切り捨てる搭乗員の山本兵曹…。

海軍が極秘裏に建設していたガダルカナル飛行場攻撃を命じられ、大陸で偉勲《いくん》を立てていた一木支隊が、誤った情報を信じて上陸して、文字通り一木〝死体〟になった悲劇！上層部の異見はさておき、現場では陸海軍の区別なく、国のために戦う将兵の姿…。

しかし兵力不足は決定的でした。結局一式陸攻九機で一個中隊を編成し、福地大尉が中隊長に任命されます。攻撃部隊の編成は、七〇五空第一中隊八機、七〇三空第二中隊九機、七〇七空第三中隊三機、総指揮官七〇五空飛行隊長、中村友男少佐で、一式陸攻二〇機と、掩護の零戦三〇機といういわば最後の雷撃隊というべきものでした。

十中一の生還も期せない〝通常攻撃〟出撃命令を受けた福地大尉以下搭乗員たちの気持ちも、十中十の死出の旅に出る特攻隊員たちとさほど変わりはなかったように感じます。

≪第二中隊長機三七三号機の搭乗員は主操縦の私（福地）、副操縦員は阿部飛長で東北出身の無口な芯の強い、いい男だった。偵察員で小隊長、歴戦の士である菅谷飛曹長、爆撃手で機長の甲飛出身、長身インテリ臭さと野性味を感じされる羽根田上飛曹、色白のナイスボーイは搭乗整備の松平三整曹、それに電信員はいずれも通信学校卒業、成績抜群の紅顔の美少年、谷口、永田両飛長、後部二〇粍機銃射手、関口飛長の八名であった。

妻子のある武石兵曹は搭乗割から削った。死出の旅路に妻帯者は不向きだったから…。

武石兵曹は毎日生死を共にしてきたペアーと離れて残る無念さと、喜びが描く複雑な顔をして我々を送ってくれた。「これでいい、これでいい」。スルスルスルッと朝風を切って集合の旗旒信号が揚《あ》がる≫

＊出撃：合戦準備をなせ

≪七〇五空司令の命令と注意があった。熱烈なる語調であったが、心から耳を傾けて聞いている者はいなかった。この一瞬各自各様の思いにふけっているのだろう。
〇〇時、全機飛行場を蹴立てて出発した。私は地上にいた時、どうしても朝食がのどを通らなかったが、空中に飛び上がると空腹感を覚え、甘い航空糧食がうまかった≫

　当時はまだ昭和十八年を迎える前でした。つまり、連合艦隊司令長官は依然として山本五十《い》六《そ》《ろく》大将だったわけです。そして内地では、「海鷲たちによる赫々《かっかく》たる戦果」が報じられていたころですが、最前線の搭乗員たちは、このように生還が期待できない特攻隊員と同じ心境だったのです。既に昭和十七年末の時点で、搭乗員たちは毎回「決死」的出撃をしていたことがわかります。

≪高度三五〇〇米、ブーゲンビル島北方を迂回して進む。偵察員より「戦場到着は〇〇〇〇時」の報告あり。あと〇時間足らずの寿命。電信員が傍受電報を報告する。「六隻の敵巡洋艦は防空巡洋艦のごとし」高角砲の数を胸の中で数える。又、傍受電報が来る。「中隊の一機、我エンジン不調引き返す」機首を反転、ラバウルに向かう。死神に見放された幸運な奴。

ショートランドに近づいた頃、私の右エンジンより白煙を吐き、一時爆音不調となった。引き返すのは今だ。搭乗員と私の眼が期せずして一致した。後ろを見れば列機八機、一トン近い重い魚雷を確《しっか》り（ママ）抱いてぴったりくっついて来る。「そうだ、俺は中隊長だ。卑怯な真似はすまい」

ラバウルから攻撃に向かう一式陸攻の編隊

私は私の心の動揺を恥じ、再度決心して一路ガ島へと向かった。時計の針は刻一刻と我々の命を縮めて行った。時が経つにしたがって、不思議と気持ちは落ち着いて来た。イサベル島を通過する頃は、丁度演習にでも行くような軽い気持ちになっていた。

我々攻撃隊の行動は敵の電探にキャッチされていると思った。それがためツラギを迂回《うかい》し、敵艦を東方より西に向かって攻撃しそのまま真っ直ぐに基地に帰還する予定を立てた。

「五〇〇番、五〇〇番、こちら一一一番、合戦準備をなせ」

指揮官機よりの無線電話である。「一一一番、一一一番、こちら二一一番、二中隊合戦準備宜《よろ》し」

敵艦近きに全員思わず緊張の色現わる。生まれて二〇有余年、最後の総決算である。指揮官機はだんだん高度を下げ速力を増し、雲・スコールを巧《たく》みに利用して接敵する。敵戦闘機はどう間違えたのか、まだ一機も姿を見せない。「幸先良し」ガ島の山々は次の瞬間の出来事を予期してか、じっと固唾《かたず》を呑んで我々の行動を見守っている≫

接敵する間の機上での心理がよくわかります。特にエンジン故障で引き返した僚機を「死神に見放された幸運な奴」と思ったこと、並びに右エンジンから白煙が出た時のクルーの正直な表情と気持ちはよくわかります。

ラバウルからガダルカナル島まで、直線で約一〇〇〇キロです。戦史を読むだけでは感じませんが、一式陸攻は約二三〇ノットですから、優に三時間以上かかる計算になります。敵の襲撃を避けつつこの距離を飛ぶのは、緊張の連続だったことでしょう。片道三時間余、その上攻撃に成功して無事帰投するにしても、往復七時間はかかる計算ですから、肉体的な疲労も相当なはずです。掩護している「零戦」の場合は単座ですから、昼間飛行だとしても疲労で眠くなったに違いありません。ましてや悪天候や夜間だったらと思うと、ただただ頭が下がります。

私が乗っていたジェット戦闘機はよく飛んでも滞空時間は約二時間程度ですから、何とか耐えられますが、生身の青年が七時間もあの狭いコックピット内に閉じ込められているのです。のどが渇《かわ》いたり、おなかが空いたりした時は航空食があったといいますが、自動操縦でのんびり空中散歩しているわけではありませんから、落着いて食事する余裕はなかったでしょうし、生身ですから当然生理現象も起きてきます。

それでも生還すれば、再び攻撃に向かわねばなりません。労働基準法など適用除外の世界ですから、〝ブラック企業〟程度で驚く現代青年には〝絶対に〟理解困難でしょう。

さて、攻撃隊はようやく戦場に到達しました。幸運にも敵戦闘機は現れません。残るは敵の艦砲です。

≪やがて我々は、最後のスコールを出た。いたいた！　右後方約一三〇度、輸送船団を中心とした輪形陣。直ちに指揮官機より突撃命令が出た。敵との距離四乃至五万米。

既に戦策で打ち合わせていた如く、第一中隊が中央より、私の第二中隊が左より、第三中隊が右側より、一目標に吸い込まれるように突っ込んでいった。

速力も制限速力に達している。両翼が微妙に震える。三七三号機ももう少しだ！　空中分解をしないで頑張ってくれ！　心に念じつつ、もっと速力を出す。二八〇ノット、計器盤の針が微妙に動く。私の中隊は右旋回で他の中隊より遠回りをして攻撃地点につかなくてはならないため、こんなに増速しても他中隊の攻撃に遅れがちであった。

＊突撃：被弾・墜落

「—・—・—・」敵艦隊よりC連送発信号が始まった。敵との距離約一万米位に達した頃、敵の主砲が一斉に火を吐き始め、眼下に落下、椰子《やし》の林のような水柱が上がった。

八〇〇〇米、高角砲も駆逐艦も発砲する。抱いていた魚雷に直撃弾を受けたのか、一瞬粉々に四散するもの、水柱に引っかかって機体もろ共、真っ逆さまに海中に突っ込むもの、私もほとんど夢中で

弾幕を突き進む雷撃機と被弾した特攻機：福地機もこうだったのだろう…

ただ「南無妙法蓮華経…」とお題目を唱えながら突撃した。

「ガタン」すさまじい異様な音がした。思わず振り返った途端、左エンジンに高角砲の直撃弾でも受けたのか、プロペラが空転し始めた。このため速力はどんどん落ちてゆく。

一八〇ノット、だが何とか魚雷だけは無事発射せねばならぬ。四〇〇〇米くらいに来た時、猛烈な機銃弾の弾幕に見舞われた。アイスキャンデーのような真っ赤な曳光弾《えいこうだん》が雨のように撃

ち出され皆それらが自分の方に吸い込まれるような気がした。

我々の飛行高度は約一〇米。海面はあたかも小砂利を握って水面に投げ込んだ如く、機銃弾で真っ白いしぶきが一面に広がっていた。こんな物凄い弾幕で命中しないのがむしろ不思議である。

私の片肺機も機銃弾で蜂の巣の如くなっていた。遮風板も計器盤も無茶苦茶に破壊された。火砲はますます激しさを増し、砲煙のため四囲《しい》は曇天《どんてん》の如く薄暗くなった。友軍機も遂に半数くらいになったか、あちこちの海面に紅の炎が盛んに燃えている。

一中隊は発射終了したらしい。今まで真っ赤な炎に包まれて突撃していた何番機かは、発射終了と同時に機体を敵艦橋にぶっつけたのか猛烈な火炎が上がる。

方位角七〇度、敵速三ノット、絶好の雷撃態勢である。「距離一五〇〇米、一二〇〇米発射用意！　投下！」ガクーン、鈍い索《さく》のはずれる音、任務終了、瞬間ホッとした思いがしたが、同時に、さて、これから何とか戦場を離脱しなければならない。

操縦輪を握る私の手に皆の眼がそそがれる。しかし、敵前五〇〇米、しかも片肺、絶体絶命である。前方、羽根田上飛曹だけは、まだ機銃を撃ち続けている。曳光弾が敵艦に吸収されていくのは最後のあがきの様であった。

私は中央突破を企図した。大きな図体で僅《わず》か一一〇乃至一二〇ノットでフラフラしているのは、集中攻撃の好目標となったが、幸い距離が接近し過ぎていたためか、却って命中弾は比較的少なかった。中央の輸送船上を通過し、外環の巡洋艦の舷側を飛んでいる時、我々の愛機三七三号機は最後のとどめを刺されてしまった。

グラマン数機に取りつかれてしまったのである。数門の機銃が次々と一点に撃ち出される。アイスキャンデーは幾条かの線をなして飛んで来る。その幾条かは、喘ぎながら全力で回転している右エンジン、一～二番タンクを真っ赤な炎で包んでしまった。グラマンが一機火を噴きながら、私の真っ直ぐ前の海面に突っ込んだ。関口飛長が射止めたのであろう。速力は目立って落ちるような気がしたが、もう既に速力計も破壊されていた。

突然、私の左側にいた阿部副操縦士が腹を抱えてのけぞった。やられたか！　私は思わず「しっかりしろ！」と左手で彼の肩を突き飛ばした瞬間、私の左肩に焼火箸が突き刺さったような気がした。飛行機内は火がどんどん拡がり、黒煙が胴体に充満し松平三整曹も永田、谷口両電信員も配置にいられず、私の後ろに集まってきた。

前下方にいた羽根田上飛曹も上がって来た。今はこれまでと覚悟をしたことは記憶にあるが、その後の意識が遠くなってしまった。「最後には自爆しなければならないのだ」という決定的な「観念」が自動的に操縦輪を突っ込ましたのであろう。

海中深く突っ込んだ飛行機の、蜂の巣のような弾穴から海水が勢いよく遡《さかのぼ》って入って来た。

無数の薄黄色い気泡が海面へと上がって行く。

飛行機が海面に上がったころ、私の意識はだんだんはっきりして来た。右タンクは尚《なお》燃え続けている。いつ爆発するかわからない。爆発したらガソリンをかぶり、皆焼け死んでしまう。私はすぐ「総員退去！」を命じた。左側にいた阿部飛長が微かな声を張り上げて、「私はもう駄目です。飛行機と一緒にここに置いてください」と哀願するような眼付きだった。

しかし、しめっぽい問答をしている一秒の余地もない。無理やりに首っ玉を捕まえて引きずり、海中へ放り出した。さぞ苦しかっただろう。

「まだ関口が居らん！」誰かの声に羽根田上飛曹が、猛火に包まれている胴体内に行き、関口を抱えてきた。

彼は顔に血しぶきを浴び蒼白だった。だいぶ重体のようだ。総員退去して約一〇米も離れたころ、鈍い爆発音とともに、愛機三七三号機はルンガ岬海中深く没してしまった。「愛機よさらば！」誰の気持ちも同じだったろう》

＊同僚たちの〝自決〟を目撃

熾烈《しれつ》な戦闘の様相からは、敵艦に突っ込む特攻隊員の気持ちと同様な心構えが迫ってくる名文です。その後一行は、被害を受けて燃え盛っている敵輸送船団やその間を走り回る駆逐艦の救助作業を眺めつつ、ガ島に向けて泳ぎ出しますが、突如敵駆逐艦が接近してきます。「捕虜にはならぬ」が合言葉だったのですが、身動きが取れません。ところが駆逐艦は、彼らより数百米離れたところに浮いている七〇七空の一機に接近します。ところが何とゴムいかだで退避していた乗員が、接近する駆逐艦を見て再び機体に戻っていき、機長から順番に機体上部の七・七ミリ機銃の銃口に頭を当てて、一人一人自決していくのを目撃するのです。

福地氏は「たぶん天野機であったと思う」と書いていますが、再び駆逐艦が接近してきます。拳銃も持たない一行は、自決できません。そこで思いっきり海水を飲んでみたり、舌を噛んで死のうと試みます。しかし天が味方します。

敵駆逐艦は水兵が甲板上を動き回るのが見えるほど接近したのですが、機体が海没していたせいか、彼らを見つけることができず、浮いていた七〇七空の一式陸攻機を砲撃して沈没させると一八〇度方向を変えて戻って行ったのです。

「われわれのこの時の喜びは例えようもなかった」と福地氏は言うのですが、現代人にこの心境が理解できるでしょうか？

米駆逐艦は「救助に来たのだろう、米国は人命を大切にする国だから」というのは、戦後になっての考え方で、確かに支那兵やソ連兵のような残酷さは少なかったにしても戦場心理とはそんな単純なものではないのです。

実はこれは日本軍の反省すべき点なのですが、生きて虜囚《りょしゅう》の辱《はずかし》めを受けないという〝掟《おきて》〟が当時は徹底していました。戦後の文化人の中には、これを悪《あ》しざまに非難する人が多いのですが、当時、シナで戦っていた日本軍と在留邦人の中には、通州事件のような残酷な仕打ちを受けた経験があったので、その残酷な仕打ちに憤慨《ふんがい》すると同時に、そうなる前に潔《いさぎよ》く自決することを良しとしていたのです。

終戦間際に満州に侵入してきたソ連兵による暴虐さは、日本人は黙して語りませんが、特に婦女子に対しては実におぞましい行為を平然と実行したのです。ですから、当時の日本軍兵士は、このように捕虜にならぬと決意していたのです。樺太・真岡電話局で任務終了後に青酸カリで自決した少女たちもそうでした。

対艦ミサイルを搭載して超低空飛行をするF－1戦闘機
福地大尉らの心境はよくわかる

その後一行は、グラマン機の機銃掃射をスコールに救われ、負傷者の血の匂いを求めてくるフカの大群を避けながら、ようやくガ島にたどり着くのですが、そこは文字通りの〝餓島〟で、潜水艦に収容されるまでの期間、筆舌《ひっぜつ》に尽くしがたい陸軍部隊の地獄絵図を見ることになるのですが、割愛《かつあい》します。

この凄惨な魚雷攻撃の様相は、爆弾を抱えて突撃していく特攻隊員の姿に近いのではないでしょうか。しかし、「死ぬかもしれない」という立場と、「確実に死ぬ」という立場では、心構えは全く違うような気もします。

関大尉の出撃以降、海軍の航空作戦は特攻攻撃が主力になっていきますが、福地大尉のこの攻撃シーンを考察すれば、そうならざるを得なかった海軍の今次大戦に対する準備不足があったとはいえないでしょうか？

ここでは、関大尉（没後中佐）と古川中尉（没後少佐）の二人の遺書をご紹介しましたが、特攻隊員が残した遺書類としては多くが書籍化されていますし、靖国神社はじめ知覧《ちらん》の平和記念館などで、常時拝観できますから、ここでは割愛して、その後の経過を見ていくことにします。

とりわけ敵艦に突入するために攻撃経路に進入した後の心理的葛藤については、一〇〇一空の福地大尉の手記がその実相をよく著《あらわ》していると思いますが、雷撃隊は「特攻隊」ではありませんから、撃墜後も懸命に生き残ろうと努力しています。

ただ、同様に撃墜された七〇五空のクルーは、敵の駆逐艦が接近したため、捕虜になるのを潔しとせず、ボートで再び浮かんでいる機体に戻って、順番に自決していきました。

せっかく機外に脱出して生還の望みができたにもかかわらず、何とも残念な気がしますが、戦場へ向かう搭乗員たちの覚悟は、このように特攻隊員らと同様だったことを示しています。

事実、この時の攻撃では、出撃した二〇機の一式陸攻のうち、生還したのはたった一機に過ぎませんでした。このように、当時の搭乗員たちは出撃時に戦死を覚悟していたのです。

出撃時に十に一つの生還の道があったのか、なかったのか、それだけの差のような気がしないでもありませんが、フィリピンで急遽編成された関大尉以下の特攻隊員よりも、その後次々に編成されていった特攻隊員たちの方が、長期間順番待ちをすることになったという点では、精神的な葛藤は強くなっていったと思われます。

その意味では、後になればなるほど、死を待つ若者たちにとっては〝残酷な〟苦しみを抱かざるを得なかったということになるでしょう。

しかし昭和二十年に入ると、本土爆撃で非戦闘員の死者も増えていくのですから、既に前線も銃後もなくなっていたとはいえるかもしれません。

第三章

海軍の対米英戦準備不足

1、「海軍操縦者養成計画」に見る無計画さ

大戦末期の第一線には、航空機も少なく、操縦員も少なくなっていましたが、問題は技量が低下していたことでした。なぜそうなったのか？　については、今まであまり重視されてきませんでしたが、寺井中佐が海軍全般に「緒戦の勝利に酔いしれていたところがあった」と言っているところにあったように思います。

≪（米国から交換船で帰国後）横山武官と和智氏と一緒に「赤軍」となり、軍令部一課が「青軍」となって対抗図上演習を実施することになり、私は「赤軍」の状況判断、作戦計画を作ることになった。両軍の対抗兵力は、日米海軍の現況のままという想定である。私たちは勿論日本海軍のその後の状況（ミッドウェーの大敗）は知らされぬままであった。

私の状況判断では、米軍は今後パールハーバーで傷ついた艦船を修理するとともに、新造艦艇に力を入れ、特に航空勢力を圧倒的に増大させて、われに消耗戦を仕掛け、まず南方の島嶼群に飛行機を展開して、逐次《ちくじ》に北上し日本本土に近接しながら日本軍を疲労消耗させるとともに、潜水艦をもってわが輸送補給路を遮断し、日本軍を屈伏《くっぷく》させる方策を取るだろうというのであった。この計画に対しては大体「青軍」の連中も妥当であると肯定していた。

二週間くらいで、この演習が終わると、私は人事局出仕となり、南方占領地域を飛行機で視察した。巡回した場所は、連合艦隊司令部、ラバウル始め、ソロモン諸島の日本軍基地（ショートランド、ブガ、ブイン）、それから蘭領インドシナ地域（ケンダリー、スラバヤなど）であった。各地では、緒戦の大勝の夢が覚めやらず、戦局の今後については楽観的であった。

特に連合艦隊司令部では、山本五十六長官にも仕候《しこう》したが、長官は中央の戦備、特に飛行機の増産に対して不満を漏らされた。私の級友・室井参謀は、当時ガダルカナルに敵が侵攻して間もない時のこととて、今にもこれを追い落とすとの気構えであって、一般には楽勝ムードが漲《みなぎ》っていた≫

今では真珠湾奇襲作戦は、〝奇襲〟どころか、ルーズベルトの〝罠に嵌《はま》った〟ことが、内外の書で明らかになっていますが、日本人の悪い癖で、作戦成功の分析や日米交渉時における対米手交文書の「第十四部」の遅延問題についても、全く反省されないどころか「うやむや」のままで、「軍の独走」であるとか、対米戦争反対者であった「山本五十六元帥の悲劇」だとか、私に言わせると〝浪花節的〟感情論が支配していて、その結果、識者たちから日本の十倍の物量を持つ大国・米国に挑んだ「無謀な戦争」だったと決めつけられているように思えます。

その前提として日本は既に支那事変で長期間戦争を継続していましたし、今風に言えば「厭

米・“義勇”空軍「フライング・タイガー」の将兵（インターネットから）

戦気分」が漂い始めていたとしてもおかしくありませんが、支那事変についてはここでは詳しく論じません。

ただ、米英は、既にこのころから対日戦争を予定して、支那（蒋介石《しょうかいせき》）を支援していましたし、義勇軍と称するシェンノート率いる米陸軍航空隊を支那に派遣していて「やる気満々」でした。世に言う「フライング・タイガー」です。

このような国際情勢を勘案《かんあん》すれば、わが国は軍備を増強して、支那のみならず米国との開戦に備えるべきでした。しかし、日本の脅威は共産主義国ソ連であり、それは日露戦争以来の一貫した国家戦略でしたから、陸軍は大陸での戦争に備え、勿論対米戦の準備はしていませんし、海軍にしても戦略の中に「仮想敵」として米国を挙げてはいたものの、どこまで本気だったかは不明でした。ただし、少なくとも米国の植民地であるフィリピンに展開している米軍については陸海軍とも意識していましたし、シンガポールに拠点を持つ英国の東洋艦隊は当然〝目標〟でした。

しかし、不思議なのは、当時の山本五十六大将はじめ多くの先進的海軍士官たちが、「大艦巨砲時代は終わる」と感じていたにもかかわらず、次期主力になるべき航空戦力の充実のために、装備はもとより「搭乗員養成」にはさほど関心がなかったことでした。つまり、私に言わせると、時代の先端を行く航空機には目が向くが、それを動かしている人間の養成、人材育成意識は乏しかったということです。それは現在でも、中国の脅威を唱えるメディアや識者たちが、中国は戦闘機を二〇〇〇機持っているという表現をすることでわかります。勿論「量」は大事ですが、近代戦では「量は質を超えられない」のです。

寺井中佐の手記によれば当時の連合艦隊司令部には、危機感がほとんどなかったように感じられます。山本長官は近衛首相に対して「一年くらいは暴れて見せる」と豪語したはずですが、既に期限は半分以下になっていました…。

実はこのような人員と器材に対する気配りは、戦後の自衛隊でもその傾向があり、例えば航空自衛隊は、先進科学技術と機械（装備）の導入には熱心ですが、それを動かす人員教育にはやや鈍いところがあります。海上自衛隊もその傾向がありますが、それは常時「科学的装備品」を相手に訓練しているから、人間に対する関心が希薄なのではないか、と私は思っています。今風に言えば「スマホ人間」とでもいうのでしょうか？

他方陸上自衛隊は、もちろん先進科学兵器を装備していますが、戦力の根源は人ですから、人との付き合いという点では他の自衛隊よりもはるかに濃いものがあるように感じます。勿論これは私の感覚ですから、違うという方も多いでしょう。

そこで大日本帝国海軍はどうだったのか、と調べてみると、これが実に関心度が低いのです。戦後の自衛隊で育った私が言うよりも、当時そのことで苦労した寺井中佐の回想記は説得力がありますから、ここでも引用しておきましょう。(『ある駐米海軍武官の回想(青林堂)』)

2、「搭乗員養成計画秘話」

《私は、昭和一五(一九四〇)年初頭から今度の戦争が始まるまで、米国駐在日本大使館附武官補佐官としてワシントンに駐在し、欧州の戦局とアメリカの出方について見守っていたのですが、昭和一五年の春、ドイツ地上軍が航空兵力との緊密な協同の下に、それまで難攻不落と考えられていたマジノ要塞線を、いとも簡単に突破して怒濤《どとう》の様にフランス国内に侵入しこれを席捲《せっけん》するのを見て、アメリカ陸海軍の首脳部は今更の如く近代戦では航空兵力が圧倒的な威力を発揮するものである事を深刻に痛感したのであります。

それから後のアメリカは狂気の様になって、航空軍備の拡充に努力し始めました。即ちルーズベルト大統領は、まずアメリカの飛行機を、年産五〇、〇〇〇機とする旨声明を発したが、まもなくこれを年産七〇、〇〇〇機に、次いで更に年産一二五、〇〇〇機にまで増産する様に声明したのです。工業力の雄大なアメリカとしては、飛行機の増産は何とか間に合うにしても、これに見合う搭乗員の養成は、超大国アメリカでも仲々容易な仕事ではないと思われました。

この問題に対してアメリカの陸海軍当局は、全国の多数の大学の青年学徒に目を向け、彼等を飛行機搭乗員とする事を考えたのです。

それで全国の各大学に次々に予備士官訓練団（ＲＯＴＣ）を設置し、これから搭乗員を養成する事にしたのです。特に陸軍のごときは、これだけでは間に合わず、この他に軍で採用した搭乗員予定者を民間の飛行学校にまで割り当てて、その教育を委託するなど、あらゆる手段を用いて航空兵力の増勢に狂奔したのでありました。

私は開戦後米国に抑留されて、日本に帰り着いたのは昭和一七（一九四二）年八月の事でした。私は帰朝後海軍省人事局員を拝命する事になりましたが、そこで私に与えられた仕事は、航空搭乗員の配員計画、初級兵科士官および少尉候補生の補任と、それに海軍兵学校生徒の採用などが主なものでした。職務引継ぎの際に私は前任者から、搭乗員の数が極度に不足し、その配員操作は頭痛の種であると聞かされました。そこで私はある時、当時軍令部が要望していた、航空部隊の編成計画と搭乗員の現有勢力、並びに将来の増加予想とを詳細に調べてみますと、そこには重大な欠陥がある事に気付いたのです。

わが海軍航空の主力は、予科練出身その他の下士官兵搭乗員であって、わが国の予科練制度は、英才を抱きながら、何らかの事情で上級学校へ進み得ない、素質優秀な少年達を、（海軍は士官搭乗員の不足を補うため）搭乗員として養成する制度であって、わが国独特の優れた制度でもありました。しかしながら、緒戦で戦勝した安心感からか、その養成規模は小さく、今次の戦争の規模には相応しえぬものでありました。それ故に当時の搭乗員数は全般的に不足する事になっているが、特に飛行隊の中堅幹部である大・中・少尉即ち飛行隊の中隊長級、小隊長級に著しい不足があり、実際に使い得る員数は、部隊編成のために必要とする員数の約三割程度という様な惨澹たる状況でした。

これを敵国アメリカの状況と対比すると、彼（米国）は前述の様に、大東亜戦争開始前の昭和一五（一九四〇）年に既に将来戦を予想して、膨大な飛行機の増産計画と、これに見合うところの搭乗員の養成計画を立てて一意その実現に邁進《まいしん》していたのですから、彼等はその膨大《ぼうだい》な航空兵力にものを言わせて南方諸島に飛行機を展開し、我に消耗戦を挑んでくるのは必至であり、これでは、わが方の二段作戦以後の彼我の航空兵力には大きな差が現れてくることは確実で、わが方はいかに飛行機を造ってもこれに乗る人がいない、特に士官搭乗員がいないという様な悲しい状況に陥ることが明らかでした。

この様な状況を少しでも改善しようと搭乗員の増勢計画に、遅まきながら取り組もうと私は決心致しました。そうして状況が最も悪い初級士官乗員の養成には、今から兵学校生徒を大量に募集採用して、その卒業を待っていたのでは遅きに失し今の戦争には間に合わなくなることは殆《ほとん》ど確実であるので、現在の大学や高等専門学校の卒業生を大量に採用して、これを海軍の飛行機搭乗員に養成しようとする、いわゆる飛行予備学生を採用しようと考えました。予備学生制度は従来からもあって毎年採用していたのでありますが、その規模は毎年の採用員数が五～六〇名程度と極めて少なかったのです。それを、このたび一挙に三、〇〇〇名くらい採用する案を立てて上司の許可を得たのですが、この案で海軍省の各方面との交渉の結果は思わしいものではなく、どこでも抵抗にあってしまいました。それは、当時はいまだ戦局に対して一般に楽観的であったのが根本原因でしたが、その反対の主な理由は、今まで不規律な学生生活を送ってきた彼等学生達を、一挙に三、〇〇〇名も大量に採用して短期間で搭乗員として養成することは、今まで精鋭を誇ってきたわが海軍航空に害毒を与えて、これを駄目にする恐れがある、と言う様なものでした。

それで私が交渉で行き詰まっていた際に、人事局第三課長の小手川邦彦中佐（その物柔らかな人柄に似ず仲々芯の強い人）は、私が交渉で行き詰まっていた各部の反対を根気強く説得し、また陸軍方面の反対をも巧みに押さえて第一三期予備学生三、〇〇〇名（実際の採用員数は四、七〇〇余名）の採用に漕ぎ着ける事が出来ました。しかしながら、アメリカの搭乗員大量養成開始に遅れを取ること約三年で、これは致命的で誠に残念なことでありました。

それゆえに、充分な搭乗員を有するアメリカでは、ある期間前線で戦闘に参加したならば、新手と交替して後方に退いて休養する、所謂《いわゆる》ローテーション制度を実施していましたので、私もこれを実施しようと努めたのですが、遺憾《いかん》ながら搭乗員数不足のため実現することは不可能でした。たまには実戦で顕著《けんちょ》な功績を樹《た》てた人達の何人かを内地に呼び返し、後進の指導に当たらせるという、細やかな私の試みも、前線の指揮官からの名指しの要望で、前線に復帰し目的を果たす事が出来ませんでした。

こうしてわが搭乗員は、一直配置のまま、何時《いつ》果てるとも知れない苦しい戦争を闘って、多数の若い搭乗員達が戦場に散っていったのでした。これは今思っても申し訳ないことであり断腸の思いです。

ある人々は、大東亜戦争の敗因の一つは、飛行機の生産が追いつかなかったことであるといいますが、私には飛行機よりもむしろ搭乗員の不足が敗因であった様に思われます》

更に驚くべきことは、このころから海軍は〝戦後〟の人材確保を極秘裏に進めていたことです。

3、反面、秘かに終戦後に備えた人材確保を推進

《予備学生採用問題がとにかく決着したので一安心していたある日、それは多分昭和一八（一

九四三）年の三、四月頃であったと思います。中沢佑人事局長は、兵学校生徒の採用をも担当していた私に「大臣は『今年度採用の兵学校生徒の員数を三、〇〇〇名（従来は千数百名）くらいに増員してはどうか』とのことであった、これをどう考えるか」と話されました。私はこれを他の局員達にも相談したところ、彼等は「それは困る」との反対意見でした。その理由は、今から採用した兵学校生徒達は、その学業を終えて部隊に配属される時までには恐らく戦争は終わっていて、彼等は戦争の役には立たないだろうし、三、〇〇〇名もの生徒を採用する事になれば、現在前線で働いている多数の有能な士官を彼等の教官として内地に呼び戻さなくてはならないので、これは、わが方の戦力の低下になるというのでありました。

中沢局長は、この反対意見を聞かれて、それは一理あるので大臣に申し上げようと言われて部屋を出て行かれたが、しばらくして部屋に帰ってこられて私たちに、中沢局長の申されるには、反対意見を一応大臣に申し上げたところ、大臣の言われることには「そんなことくらいは私は百も承知で、充分考えての上のことである。しかし、今兵学校の受験生は、聞くところによれば、その素質は日本全国の中学校から成績の上位の秀才達が皆兵学校を受験している由である。彼等こそまさに大和民族の宝であろう。しかるに陸軍は、この戦争は本土決戦の最後まで戦うといっているが、彼等（中学生達）も、放っておけば、そのうち鉄砲を担いで戦場に出て死ぬ事になるであろう。それで彼等を今のうちから海軍に取っておき、戦争中は彼等を海軍で温存しておこうではないか。彼等こそ戦後の日本国再建のための大切な宝ではないだろうか」とのことでありました。

この次元の高い嶋田大臣のお考えに対しては、素《もと》より異議を唱えるものは一人もなく、人事面や施設面等の幾多の困難を乗り越えて兵学校生徒を大量に採用する事になったのであります。これが昭和一八（一九四三）年一二月に入校した第七五期生徒三、五〇〇余名でありました。この思慮深遠な嶋田大臣やその後の海軍首脳部の深慮によって、続く兵学校生徒第七六期、第七七期、第七八期と多数の有為《ゆうい》な青年達が国家民族再起発展のために帝国海軍に戦い終わるまで温存されたのでありました。戦後彼等は嶋田大臣、および海軍最高首脳部の期待に背《そむ》くことなく、今や日本本土はもとより海外各地において祖国の発展繁栄のために充分に活躍しつつあるを見るとき、さぞ地下の嶋田提督はじめ当時の海軍最高首脳の人々は満足しておられることであろうと思われます≫

4、海軍操縦者養成数の概要

このように、昭和十七年八月、日米交換船で帰国した寺井中佐は、航空搭乗員の配員計画、初級兵科士官及び少尉候補生の補任と、それに海軍兵学校生徒の採用などを担当させられますが、前任者から「搭乗員の数が極度に不足し、その配員操作は頭痛の種である」と聞かされました。調査してみると、三〇〇〇名以上不足していることがわかり驚きます。

米国勤務だった寺井中佐は、米国が昭和十五（一九四〇）年には「既に将来戦を予想して、膨大な飛行機の増産計画と、これに見合うところの搭乗員の養成計画を立てて一意その実現に邁進」していたことを知っていましたから、やがて米国は「膨大な航空兵力にものを言わせて南方諸島に飛行機を展開し、我に消耗戦を挑んでくるのは必至」だと見ていました。そしてその通りになったのですが、これは米国の対日戦争に対する決意のほどを示しているように思えます。勿論、米国は〝友邦〟である英国の窮地を何とかして救うべく、欧州戦線に介入しようと躍起《やっき》になっていたのですが、なかなかヒトラーはその手にのりませんでした。

大西洋上で活動するUボートに、米海軍がちょっかいを出しても、ヒトラーは米国の介入を阻止しようとしていましたから、手を出させなかったのです。

したがって、米国の航空機や操縦者の増員は、対独戦を意識していたといえるでしょうし、実際、英国には観戦武官？　という名目でかなりの操縦者を派遣していました。ちょうど、シナに対する「フライング・タイガー」のように。

それに反してわが国は、支那事変を終結させようと懸命で、日米間の国交が行き詰まりつつあったにもかかわらず、対米戦争、つまり、太平洋上で日米が戦うことになろうとは「まさか」あるまいというような、煮え切らない態度だったのです。

ですから、万一太平洋上で戦うことになれば、これは海軍の出番であり、その中心は航空部隊、つまり空母を基幹とした航空殲滅戦になることは当然予想されたのですが、政府は迷いに迷っていて、決断できませんでした。ところが欧州情勢は激変します。

日本の宿敵ロシア、つまりソ連共産主義の脅威を最大の国家戦略にしてきたわが国は、一九三六年に日独防共協定を結びますが、一九三七年にソ連は中国と不可侵条約を結びます。ところが一九三九年に独ソ不可侵条約、ソ連の東部ポーランド占領、フィンランドへの侵攻と続き、日独伊防共協定を結んだわが国は翻弄《ほんろう》され、あろうことか「日ソ不可侵条約」を結ぶのです。まさに国際情勢は〝奇々怪々〟でした。

もしも日米開戦が予想されるのであれば、少なくともこの時期には、陸海軍共に操縦者の増員を図るべきでした。支那事変中だったのですから、増員の目的は「対支那」であると米国には宣伝しておけばよかったでしょう。

しかしこの時のわが政府も軍部も、航空主義を唱えていた航空先駆者たちも、操縦教育に要する期間を全く忘れていたように思います。

当時でさえ、例えば海軍操縦者の養成期間は、海兵・大学卒業者は「約二年」、予科練甲種操縦者は「約一年六カ月」、予科練乙種操縦者は「約二年六カ月」が必要だとされていました。ですから、遅くとも昭和十四年中には、操縦課程に入れておかなければ戦力にはなり得なかっ

海軍操縦者養成一覧表

海軍操縦者養成量（採用者数）等の変化

米国
・50000機
・70000機
・12・5万機
・学徒動員
（予備仕官）

種別／年度	飛行学生（海兵卒）	飛行予備学生（大学旧制高卒）＊（　）は卒業数	飛行予科練習生（甲種）＊s16以降中3～	飛行予備学生（乙種）	
昭和14年度	64 29	30	522	763	
昭和15年度	48 58	33	590	1212	
昭和16年度 16年4月以降	125 139	44 （132）	1296	2446	12・真珠湾攻撃
昭和17年度	2 130	（146）	2288	2980	5・珊瑚海海戦 6・ミッドウェー海戦
昭和18年度 18年4月以降	165 185	8182 ＊第13期、14期	31203 ＊12、13期	7307 ＊20、21期	4・山本長官戦死 12・学徒動員
昭和19年度	323 466	2278	78027	34746 ＊22、23、24期	6・マリアナ海戦 10・特攻作戦開始
昭和20年度	？	？	25034	34314	8・終戦

たのです。更に、実戦訓練は課程終了後に各地の部隊で実施されるのですから、実戦力として役に立つためには、もう少し早く採用しておく必要があったでしょう。

　なぜそのように〝のんびり〟していたのか？　恐らくその原因は、海軍にしても「まさか」日米が戦うなどとは想像もしていなかったからでしょう。

　しかしルーズベルト率いる米国は、寺井中佐が書いたように、既に着々と戦争準備をしていました。

　戦雲急を告げる当時の海軍操縦者養成数は、驚くべきことに日米が開戦する昭和十六年時点で、支那事変での損耗を補充するため倍増されたとはいえ、上の表のように米国に比較すると微々たるものでした。ということは、帝国海軍は万一日米開戦になった場合の航空作戦の様相も、その推移についてもしっかりと分析していなかったということになります。

しかも、私が最も残念に思うことは、操縦者は、まるで〝インスタントラーメン〟のように、お湯をかければ三分で完成するようなものではない、という意識が欠如していたことです。これは致命的な欠陥でした。なぜそれほど認識が低かったのか？　それは、当時は操縦者は〝金の卵〟でしたから組織内での存在も希少だったからでしょう。しかし戦争が始まれば、単なる〝消耗品〟だったのです。

今でも航空自衛隊約五万人のうちで、操縦者数は公表されませんが、約三％程度に過ぎないのです。ですから米国から帰還した寺井中佐が、昭和十七年八月時点で驚愕《きょうがく》したのです。彼は操縦者でしたし、支那事変の渡洋爆撃に九六陸攻で大西中将の部下として参戦していましたから。

昭和十七年度の予算要求は、非常に難しかったといいます。それは今から兵学校生徒を大量に採用しても卒業は三年後ですから、操縦課程に入れても間に合わない。

そこで一年で海軍少尉に任官できる一般大学などを卒業した「飛行予備学生」枠を拡大しようとしたのですが、海軍省課長（大佐）の中に「今まで不規律な学生生活を送ってきた彼等学生達を、一挙に三、〇〇〇名も大量に採用して短期間で搭乗員として養成することは、今まで精鋭を誇ってきたわが海軍航空に害毒を与えて、これを駄目にする恐れがある」などという、奇妙な精神論者の反対に遭い遅れたのです。

5、飛行訓練時間短縮＝技量の低下

一般的に陸軍は「精神主義で泥臭い」、海軍は「科学的で先進的」というような見方が戦後の日本にありますが、同じ日本人です。海軍にも〝精神主義者〟は結構多かったのです。

もう少し早ければ…と寺井が悔やんでいたのは、結局昭和十八年度予算で認められたからで、その結果表のように、第十三期海軍飛行予備学生から一気に膨《ふく》らみます。

その後はこの年に学徒動員となりましたので、飛行予備学生第十四期生以降は〝自動的〟に採用枠が広がります。勿論予科練習生も同じです。

しかも恐るべきことに、第一線の戦力低下は、大西中将が台湾を経てフィリピンに赴任する途中で体験したような惨憺たる有様でしたから、彼らは平時における養成期間を大幅に短縮して送り出されます。

海兵・大卒者は約二年から半分の一年になり、予科練甲種学生に至っては約一年六カ月だったものが六カ月に、乙種学生は一年八カ月になります。

現在の航空自衛隊における操縦者養成教育と比較すると、期間は概《おおむ》ね同様で約二年で基本操縦課程を修了します。つまりこの時点で「ウイングマーク（航空徽章）」を授与されるのです。

しかし、戦技の基本を習得したに過ぎず、卒業後、それぞれの機種の課程に進みますが、戦闘機課程ではこれから半年以上かけて、空中戦闘や空中射撃等、戦闘の基本を教えられ、実戦部隊に配属されるのです。

それでも実戦部隊、つまり戦闘航空団ではヒヨコですから、更に半年以上、徹底的に鍛えられ、各種検定に合格して初めて「作戦可能」に指定されます。

今では、対領空侵犯措置任務（スクランブル）が〝実戦〟ということになりますが、それでもまだ「武器の使用を伴う実戦配備」ではないだけ気が楽です。

しかし当時は、フィリピンへ向かうことは、直接戦場に向かうことでしたから、今のような〝ぬるま湯〟的感覚ではありませんでした。しかも相手である米軍操縦者は、優に三年以上も実戦で鍛えられており、空地一体となった最新武器で組織的に戦う能力を備えていましたから、私のように四年四カ月間も戦闘機操縦課程教官を体験した者から見れば、一年練習しただけで戦場に送り出すというのは、オオカミが群がる森に〝赤頭巾ちゃん〟を放り出すようなものです。歴戦の勇士だった大西中将の心境が痛いほどよくわかります。

ところで操縦者養成を担当した寺井中佐は、教育部隊を視察した時まじめで優秀なものほど技量が上達し「一刻も早くフィリピン戦線へ」と意気盛んだったと言います。

そこで前述した「戦後の国家再建要員確保」という密命を嶋田繁《しげ》太《た》郎《ろう》海軍大臣から受けるのですが、このことは帝国海軍上層部は昭和十八年時点で〝敗戦〟を予想していたということになります。大西中将は、その約一年後の昭和十九年に戦場に送り込まれたのです。勿論大西中将も〝それ＝敗戦〟は意識していたでしょうが、口に出せる状況ではありません。誰かが重大な決断をしなければならない時に差し掛かっていました。

昭和十九年六月、サイパンに米軍が上陸して、絶対国防圏の一角が崩れます。東條《とうじょう》首相は引責辞任して、翌月小磯《こいそ》内閣が誕生しました。この時点で、和平交渉の芽が出ますが、その後政府は恐るべきことにソ連を仲介者にしようとしたのですから、当時の為政者たち、特に重臣たちの精神構造を疑いたくなります。

いずれにせよ、日米開戦前の指導者たちは近衛首相の態度に見られたように、日米が広大な太平洋を戦場にして血みどろな戦いをするとは考えていなかったと思われますし、であるが故に、海軍では大艦巨砲主義者であると否とにかかわらず、航空戦力の充実を図り、万一の事態に備えようとする意識があってしかるべきでした。

「万一日米が開戦になれば、一年くらいは暴れて見せます」などと山本大将は豪語しましたが、実は現実を見てい

サイパン玉砕…「バンザイ突撃で散華した陸兵」（合掌）

基本操縦教育期間の変更

	海兵・大学卒	予科練・甲種	予科練・乙種
昭和10年ごろまで	約2年	約1年6カ月	約2年6カ月
昭和18年8月以降	約1年	約6カ月	約1年8カ月

ながら戦備を整えようとはしなかったように思えます。

しかも連合艦隊司令部の作戦は拙劣《せつれつ》でした。例えば世界最大の超弩級《ちょうどきゅう》戦艦「大和」と「武蔵」の運用を見ればわかります。特に「武蔵」は昭和十七年五月に就役したばかりの新造艦でしたが、二年少しで海没しています。

〝軍〟艦を長官専用の〝水上ホテル〟に使用して活動の場を与えることなく、両巨艦が装備した四十六センチ主砲の威力も発揮しないままで撃沈されたのですから…。

これを軍事用語では「遊兵《ゆうへい》（役に立たない兵力）」といいます。大戦中盤の連合艦隊主力は実に壮大な〝遊兵〟だったといえるでしょう。

第四章

大西中将の人柄

1、海軍航空の大物＝支那事変当時のエピソード

⑴桑原、大西両司令官の思い出

支那事変で渡洋爆撃に参加していた寺井中佐は、漢口《かんこう》を基地として航空作戦を行っていた昭和十四年当時の戦局を次のように述べています。

≪海軍の九十六式陸上攻撃機は、行動能力には十分の自信があったが、これを援護する戦闘機の航続距離が短く、奥地の戦略爆撃を行う場合には、陸攻は戦闘機を随伴しないで裸のままで、防空が厳重な敵陣に飛び込まねばならないという弱点があり、事実これを強行した場合には、毎回必ずといってもよいほど敵戦闘機による、わが陸攻の未帰還機が出るという始末であった。それで敵戦闘機からの被害を少なくするためには、どうしても夜間の爆撃を選ぶ必要があった≫

支那事変当時から南洋方面の戦いに至るまで、福地大尉のように戦闘機の護衛を受けられなかったのは、品不足というよりも作戦思想が遅れていたとはいえないでしょうか？

この時学んだのが「昼間↓夜間」という攻撃法で、それがT戦法につながった？　と考えら

れます。

≪しかし、夜間爆撃は、味方の被害は少ないが、目標の確認が困難であり、また戦果の確認も困難であった。その上、夜間爆撃は第三国の権益を誤爆するなどのこともあって「対外的なトラブルを極力避けよう」との方針を取っていた上級司令部である支那方面艦隊は、非公式ながら参謀間の連絡で「奥地の爆撃もでき得れば昼間爆撃が好ましい」と要望していた。その矢先に支那空軍機による漢口爆撃が二回にわたって行われて、そのいずれの場合も白昼強行されたが、わが方にとっては全くの奇襲となり、両回共に人員と飛行機に相当な被害を出したにもかかわらず、何等《なんら》有効な反撃が出来なかったのであった。

これは、支那空軍は見晴らしのよい山頂などに見張り所を設けて、日本軍機を発見次第狼煙《のろし》を上げて駅伝的に奥地まで伝達するという方法が採られていたので、わが方は奇襲が出来なかった上に、わが漢口基地周辺には警戒見張り網が完備していなかったからであった。この騒ぎがあってからは、事情に疎《うと》い人達からは「支那空軍でさえ昼間攻撃を堂々と仕掛けてくるのに、精強を誇っている帝国海軍の航空部隊が敵の重要基地には昼間攻撃を避けて、夜間攻撃を行わねばならないとはどうしたことか」などとの批判が我々の耳にも入ってきていた≫

この当時から海軍部隊は、奇襲に弱かったようで、それがトラック島の急襲や、〃ダバオ事件〃後のセブ島急襲で大損害を出す結果につながっているように見えますが、ここにも「教訓から学ぶ」姿勢が見られません。漢口基地周辺には支那人が居住しているのですから、敵の監視下にあると考えるべきで、フィリピンでも、米兵に指導されたゲリラが見張っていたのです。せめて「八木アンテナ」を活用したレーダー網を展開しておくべきでした。肝油ではどうにもなりません！

≪このような情勢の時に、帝国海軍の生粋のパイロット出身であり、海軍航空界の指導的地位にあった、最も有能な桑原、大西の二人の指揮官が、帝国海軍の花形航空機である陸攻の主力を率いて、対支戦略爆撃の先頭に立たれることになった。特に大西少将は、かねてから「航空機は海軍作戦の主兵力であり、帝国海軍は大型機千機を整備すべきである」との熱心な論者であったから、当時の海軍の主だった人達は皆知っていたし、大西少将もまた、今や航空の真価を実戦場において示すべき好機会であると考えておられたはずで、相当の覚悟をもって漢口に着任された様子であった。

大西第二連合航空隊司令官は、着任されて間もないある日、「一連空」司令部に来られて桑原司令官に対して「一連空と二連空とは、一連空司令官の指揮統制のもとに、連合空襲部隊を編成して作戦を実施してきたが、実際には各司令部ごとに作戦を計画して指導するという具合で、統合作戦の真価が発揮されていない。これからは、桑原一連空司令官は一、二連空統合兵力の統一指揮官となり、私は桑原司令官の参謀長としての役目を行いたい。そして一連空司令部で、二連空をも含めた統合部隊の作戦計画を立てることにして、渾然《こんぜん》一体化した統合作戦を実現すべきである」という提案をされた。

この提案は戦局の実情に適したものであり、桑原司令官も賛成されて、早速《さっそく》実施されることになったが、当時の大西少将は、「陸攻のような大型機では、指揮官先頭の海軍伝統の建て前から、航空隊司令も時には機上で飛行機隊を指揮するのが当然であるが、今までほとんど実行されていない」と不満を漏らされていた。

大西少将は、言われるだけでなく自らも陸攻に搭乗して、支那奥地の上空を飛び回られた。それで私たち参謀も、参謀長のお供をしてしばしば戦況視察を行った。

また当時の計画担当者であった一連空参謀たちは、敵要地の昼間爆撃には幾多の不利は伴うが、これを全面的に夜間攻撃に切り替えるだけの決め手もなく、上級司令部や周囲の思惑も考慮に入れて「連合空襲部隊の攻撃は、防空厳重な敵要地に対しては、夜間攻撃を建て前とするが、好機には昼間攻撃も行う」というような煮え切らないものであった。この様な状況下で、十一月四日、宿敵SB機の根拠地と目されていた成都《せいと》に対する昼間攻撃が行われることになり、

一、二連空の陸攻の全兵力五十四機を、一三空司令の奥田喜久司《おくだきくじ》大佐が率いて、熾烈な敵の防御砲火と戦闘機の反撃を排除しつつ、成都周辺の鳳凰山《ほうおうさん》、温江《おんこう》の両飛行場を爆撃して、多大の戦果を挙げたが、わが方も指揮官奥田大佐の戦死を初めとして、多大の犠牲を払うことになった≫

(2)奥田喜久司大佐の戦死

『大西瀧治郎（故大西中将伝＝非売品）』には、奥田大佐戦死の模様がこう書かれています。

≪この昼間強襲では当初、大西司令官が指揮官機に搭乗予定であったが、生還の算甚《はなは》だ少ないと判断される当時の戦況に鑑《かんが》み、大西司令官の部下である第十三航空隊司令奥田喜久司大佐は、大西司令官が死ぬのはまだ早いと、強《し》いて自ら攻撃隊指揮官を買って出た。攻撃隊は一路成都上空に進撃し、午後一時十分成都鳳凰山飛行場に爆撃を加え敵機多数を粉砕して帰途に就《つ》かんとしたとき、敵戦闘機数十機は我が最先頭の指揮官機に殺到した。奥田機は猛烈な十字砲火を浴びつつしばし奮闘を続けたが忽《たちま》ち敵弾命中してついに火達磨《ひだるま》となって僚機の視界から姿を没した。奥田大佐は大西司令官宛次の如き遺書を残していた。

『君国の為、海軍伝統精神継承の為、今日愈々《いよいよ》決し攻撃の途に上るに際し、心中既に光風の如く何物も残るなし。

謹而《つつしみて》、海軍出身以来特別の御厚誼《こうぎ》を深謝し、尚小官亡き後といえども、必ずや本精神をして永久に生かし得る様、特に御厚配を願上候《ねがいあげそうろう》。

従来御厚誼を賜《たまわ》りし、先輩同僚諸氏に一々ご挨拶の閑《ひま》無く、何卒《なにとぞ》御序《おついで》の節、奥田は喜んで海軍伝統の精神を奉《ほう》じて死せる旨《むね》、茲《ここ》に従来の御厚誼を感謝しつつ、殉国の旨、御物語り下され度《た》く候。

帝国海軍航空隊永遠の生命を祝福しつつ

奥田大佐拝上』

大西司令官は報を聞いても多くを語らず、眉一つ動かさず、「一旦《いったん》の出撃に臨んで初めて死を決するは既に遅い。武人の死は平素から十分覚悟されている筈」と訓示した。これを聞いた者達は、この名高い将軍は果たして、血あり涙ある御仁であろうかと疑ったほどであった。

一四日夜に灯火管制の中で、奥田司令以下戦死者の告別式を執行した際、大西司令官の、一語、一語と力のこもった弔辞《ちょうじ》が半ばをすぎて……余の掌裡《しょうり》今尚司令（奥田大佐）の脈絡を感じ、郷等とその愛機とは再び相見るに由なし……という個所に及んで、声は次第に低く咄々《とつとつ》として哀調を帯びるに至った。……戦局の打開戦果の拡充、共に我が航空部隊の健闘に俟《ま》つ所大なるものあるを思わしむる秋《とき》、忽焉《こつえん》として忠勇の士を失う愛惜安んぞ堪えん…という個所に至っては、言葉はしばしば途切れ、そして次の……特に思いを郷等の遺族に致す時……に至ってついに声は続かなかった。よろよろと崩れかかる上体を私は駆け寄って僅かに支えたのであった。

この様な成都爆撃の結果を契機として、裸の陸攻が昼間強襲を加えることが、果たして得策妥当なるものであるかどうかの問題が提起され、研究会では、この問題を巡って司令部と部隊側との間に熱心な議論が交わされた。

自ら端末機に搭乗した大西少将。重慶爆撃行（昭和十五年）

成都攻撃に参加した戦闘機パイロット出身で、二連空先任参謀の星一男中佐は、「敵戦闘機が入れ替わり立ち代わりわが陸攻編隊の弱点部を狙って、切替えし攻撃を加えてくるのに対して、わが陸攻編隊の防御砲火はさほど決定的な威力のあるものではない。私はこの戦闘中は、ひたすらに無事に時間が経過してくれることを願うばかりであって、喉《のど》がからからに乾いてしまった」と述べた。

事実この様な昼間強襲を行えば、今までの例から見ても、ほとんど毎日といってもよいほどわが陸攻は戦闘機に食われて未帰還機を出すばかりであった。しかも、この未帰還機はほとんどが「一番機」か「端末機」であった。そこで、これらの飛行機の搭乗員は、人身御供のような格好で、その配置を決める飛行隊長の心中はつらいものであったと思われる。この様に昼間の戦略爆撃は、戦果と被害の差し引き勘定の上からも、また統率上の面からも有利でないことは、我々当事者の間では十分理解できることであったが、さてそれを「部外者」に納得させることは容易ではなかった≫

これを読めば、毎回出撃する搭乗員たちの心の中には、既に「必死＝特攻」の精神が生まれていたとは考えられないでしょうか？

(3)陣頭指揮は我が海軍の伝統である

≪航空戦にあっては、山口多聞《たもん》、宇垣纏の両中将、加来止男《かくとめお》、柳本柳作《やなぎもとりゅうさく》、奥田喜久司、有馬正文等の各少将亦然《またしか》りで、その他陣頭指揮に散華した各級指揮官は枚挙に遑《いとま》がない。ただ、大西が部下に尊崇された所以《ゆえん》のものは、福元参謀の手記によれば、「司令官はこの作戦（中支奥地航空戦）を通じてしばしばいとも手軽に陣頭指揮をせられたが、最先頭の指揮官機よりは、より度々《たびたび》後方三角点に占位《せんい》して、一般に最下級の搭乗員が操縦する飛行機に同乗せられた。いうまでもなくこの点に位置する飛行機は、敵戦闘機の最も蝟集《いしゅう》する所であり、自己としては反撃の手段が殆どないのである。一度敵機に喰い下がられたが最後、百年目と思わねばならない。危険は最先頭に位置する指揮官機以上である。だから司令官も常に一番危険でかわいそうなのは、後方両角の飛行機に乗った三等航空兵だよ。喰い下がられたら最後、防ぐ手がないのだから、と言っておられた。司令官は求めてその一番危険な飛行機に乗られた。司令官は部下に号令する前に、まずその部下と共にあり部下と共に死地に飛び込まれた。そして部下を庇護《ひご》し援護された」とある。

大西中将は、部下を持つ様になった佐官の頃から、俺の心境だと言って良く口にもし、筆にもしたのは「おれもゆく、わかとんばら（若殿輩）のあとおいて」という、南洲の心事であった。そしてそれを如実に実行したのであった。この様な大西であったからこそ、一度彼の部下となったものは、心からこの指揮官の下ならばの意気に感ぜざるを得なかったのである。特攻もかかる指揮官の下に創始せられたのであった。「おれが真っ先に行きたいのだが俺は指揮官だからそれが出来ない。必ず後でゆく」

これが特攻に臨んだ最初の大西の言葉であった。時間の前後は問題でなく、この言葉で大西の特攻陣頭指揮の意は尽くされている。（『大西瀧治郎』から）≫

寺井中佐もこう続けます。

≪それで私たち参謀としては、航空威力を顕示しようとしてきた従来からの行き掛かりや、私たちの尊敬する両提督の立場などを考えた時には、今までの作戦方針を一擲《いってき》して夜間攻撃に専念するわけには行かなかった。しかしながら、ご本尊の桑原司令官は、この時すでに他人の思惑などには囚《とら》われないで攻撃の成果本位に作戦を行うように決心を固めておられた様子であった。それで、参謀の方で昼間攻撃を立てて、大西参謀長の決済を経た上で桑原司令官の裁可を仰いだ時に、これを「否」とされて夜間攻撃に振り替えたことが何度かあった。この指揮官の決定によって、多くの貴重な人命が救われたことであろうと、当時から私たちは感じていたのであった。

また大西少将は、性格の強い積極的な方で、どちらかといえば昼間強襲をも辞さない風の提督ではあったが、ご自分の意向とは異なった決定を桑原司令官がされた場合に、いささかのご不満そうな様子もなく、従順にその決定に従われた。私はこの二人の先輩提督たちは、いささかの私心もない、公明正大な方であることを実見して、桑原さんも偉いが大西さんも立派だと、つくづく敬服したのである。

こうして私の支那事変第二次出征後、約四か月が経った≫

この大西中将の態度から、特攻開始後の天皇のお言葉に〝期待〟していたものの、意に反した？　御嘉祥《かしょう》を受けて、特攻作戦続行に転じた大西中将の性格が読み取れるような気がします。

(4)アメリカの実力を見抜いていた

支那事変でこのような体験を持つ大西中将は、赴任途中の台湾で過酷なまでの空襲と、虎の子であったはずのT攻撃隊が、いとも簡単に壊滅していく姿を見ていましたから、体当たり戦法以外にはない、と決心していてもおかしくはなかったでしょう。

しかし、大西中将はこの戦法が「統率の外道」であると公言していました。大本営で侃々《かんかん》諤々《がくがく》の論議があったように、「絶対に死を避けることができない方法というよりむしろ死ということを任務遂行の不可欠の手段とするような方法で敵を攻撃する軍隊を正式に編成するのは統帥の道に反する。この攻撃方法によるべきかどうかは、任に当たる各勇士に委ねられるべきである」とする意見に中将も同意だったに違いありません。しかし状況はそれを許さないところまできていました。ではその体当たり戦法の運用について中将は、どのように考えていたのでしょうか？

既に開戦直後から、真珠湾攻撃の成功に浮かれ気味の海軍部内において、米国の戦力の並々ならぬものをしっかりとつかんでいたように思います。

寺井中佐は昭和十七年夏に日米交換船で帰国したのち、海軍省人事局勤務となりますが、昭和十八年一月二十五日、正式の人事局員に補任されます。

≪当時の人事局は、局長は三戸少将、第一課長は中瀬大佐、その他の局員は当時の海軍の中堅どころの錚錚《そうそう》たる人材が揃っていた。私の前任者である河本広中中佐は、私と交替の上二十三航空戦隊参謀としてケンダリ方面に転出することになっていた。

私は着任早々各部からアメリカに関する講演を頼まれていた。また、NHKから放送を頼まれて「アメリカ青年に負けるな」という放送をした。だが、私の講演等は、「アメリカの戦力を大きく見過ぎ、日本側の戦力を過少に見過ぎるので注意せよ」と上からの注意があった」≫

と書いていますが、それほど中央の一部には「アメリカ何するものぞ!」との驕《おご》りがあった証拠でしょう。更にこう述懐しています。

≪私が帰朝してから間もなく、一連空司令部の人達が集まって、細やかな一席を設けてくれた。この時私の話が終わると当時の司令官・戸塚中将が、「優秀な将校でもアメリカに滞在するとアメリカかぶれがして弱音を吐く様になる」と暗に私の弱腰をなじられた。
この時、大西中将は「我々の相手は支那空軍が手頃でアメリカでは手強《てごわ》すぎる」と暗に私をカバーして下さった。それ程当時は、日米戦争は楽勝に終わると一般に信じられていたのであった≫

これは大西中将の対米分析が的確であった証拠だといえます。そのような大西中将が、敗戦色濃き昭和十九年末に、決戦場であるフィリピンに赴任させられるのですから、心中穏やかならぬものがあったのではないでしょうか？

誰が彼を敗色濃いフィリピンの一航艦長官に「推挙」し、〝猫の首〟に鈴をつけさせようとしたのでしょうか？

2、心酔していた従卒・山本兵曹

平成六年三月、私は航空自衛隊第四航空団司令として松島基地に着任しましたが、官舎の近所に、大西中将の従卒であった山本長三元兵曹が住んでいました。山本氏は松島基地に、大西中将から頂いたという制服と軍帽を寄贈しておられたので、よく私の官舎に来られては大西中将に仕えた日々の思い出話をされたのですが、特攻隊出撃後の中将の話になるといつも感極まって泣きだされたものです。

国運をかけたレイテ島決戦「捷一号作戦」に敗れた帝国海軍は、その後は陸軍と共にレイテ島死守に決したのですが、保有する航空機は減少していたため、まっとうな作戦ができない状態でした。次々と繰り返される敵の空襲によって、わが方の航空作戦は一部の通常攻撃以外はほとんど「特攻攻撃」が主にならざるを得なかったのです。

朝日新聞

神鷲の忠烈 萬世に燦たり

神風特別攻撃隊 敷島隊員

敵艦隊を捕捉し（スルアン島海域）

必死必中の體當り

聯合艦隊司令長官 殊勲を全軍に布告

布告

關行男

中野磐雄

谷暢夫

永峰肇

大黒繁男

豐田副武

機・人諸共敵艦に炸裂

誘導の護衛機、戰果確認

關行男大尉

特攻を伝える朝日新聞（昭和 19 年 10 月 29 日）

特攻隊の命名は指揮官が行いますが、後から司令部に報告が届くこともあり、出撃後も敵発見に至らず帰還する者もいて、他の部隊に編入されたり、不時着後は別の部隊と共に再出撃したりで、隊員たちを的確に把握するのは困難な状況になりつつありました。しかし戦死した隊員たちは二階級特進させねばなりませんから、司令部の記録は正確無比でなければなりません。

司令部要員は、混乱した中で懸命に記録を整えましたが、神風特別攻撃隊が内地の新聞で報道されたのは、昭和十九年十月二十九日の朝刊で、新聞がマニラの司令部に届いたのは十一月過ぎでした。

一面トップは「神鷲の忠烈万世《ばんせい》に燦《さん》たり」という、愛媛県西条市出身で海軍兵学校（七十期）卒の関行男大尉以下、体当たり攻撃に対する連合艦隊司令長官の全軍布告、二階級進級を告げる内容の、現地の報道班員たちの生々しい取材記事でした。

その後、大西長官は、隊員の名前を几帳面にノートに書き込み、簡素な仏壇の前で供養を欠かさなかったといいます。その話をするたびに山本兵曹は男泣きしたものです。

彼の人柄について、副官・門司親徳少佐は「東北出身の彼は、必ずしも機転がきくというわけではないが、地道で何よりも忠実であった。司令部にいるかぎり、大西長官の身のまわりは、山本兵曹に任せておけば心配なかった」と評しています。

当時一航艦司令部はフィリピンのクラーク飛行場内にありましたが、十一月下旬以降、マニラの海岸通りから、クラークの北はずれにある小さな町のバンバンの丘に移転しました。ここは有名になったマバラカットからバンバン川を渡った北側の地点で、司令部といってもニッパ椰子の数軒の小屋と洞窟陣地だったといいます。

十一月十九日、司令部の転居作業は終わり、二十日に東京に出張していた大西中将が直接バンバンに帰ってきて、直ちに会議が開かれましたが、大本営海軍部への補充要請は思い通りにいかなかったものの、元山《げんざん》（朝鮮）、大村、筑波、神の池などの教育部隊から、教官、教員、予備学生、予科練などの搭乗員と、器材合計一五〇機がフィリピンに送り込まれることになります。そのほとんどが特攻要員で、ひとまず台湾に進出し、訓練後にクラークに進出することとされます。このころは既に同じフィリピンで戦っている山下奉文大将率いる陸軍の戦闘状況を把握することは困難な状況になっていました。

そんなある日の出来事を、山本兵曹が涙ながらに語ったことがありますが、門司副官の著書にはこうあります。

昭和十九年の暮れも押しつまったある日、長官は副官を〝散歩〟に誘います。長官は航空戦力消滅後の「山籠もり」を検討していたのです。司令部の小屋を出て、山側の通信隊の丘の裾を通り、西側の山麓の方へ歩いていくと、崖がそそり立っていてとても登れないので山裾を左側に沿って歩くと、崖の裏側の、ところどころに灌木《かんぼく》がある所に出ます。

斜面を登って稜線に出ると、クラークの平原はほとんど見渡せて、司令部の丘からはよくわからない山岳地帯の皺《しわ》の様子が眺められたといいます。長官は奥の方にそびえるピナツボ火山から、平野の方に重なって広がる小山や丘を眺めていました。

この日は一時間ほどで司令部に戻りますが、翌日も長官は山登りに出かけ、飛行靴でゆっくりと山道を登っていきます。後ろから長官を見た門司副官は「少しやせて、心労が背中ににじみ出ているような気がした」ので、この時長官が山籠もりのことを考えているのだと気が付きます。

いよいよ敵がルソン島に上陸し、航空作戦が終わりになったら、長官は麾下《きか》の兵力を連れて、この山岳地帯に籠るつもりでした。しかし、航空隊の地上員は、陸戦に必要な兵器を持っていません。一万人を超えるこの兵力で敵を迎え撃つにしても、兵器がなければ、まともに戦うことはできません。長官は、この山岳地帯に籠って、持久戦、ゲリラ戦を考えていたのでしょう。そこで長官は副官に「副官は、剣道何段だ」といきなり聞きます。門司副官が「三級です」と答えると、「三級は心細いな」というのです。

「私は長官が何を言おうとしたのか、すぐに察することができた。この山の中で、長官を介錯《かいしゃく》するようなことが本当に起きるのであろうか」

既に大西中将は自決の決意を覚悟していたと悟《さと》ります。こうして門司副官は、敵機が徘徊《はいかい》する中を何度か長官と〝散歩〟するのですが、司令部の丘に戻ると、小屋の前に山本兵曹が立っていて、長官を小屋の中に入れた後、「どこに行っていたのですか!」と副官に食って掛かるのです。

≪一徹な彼は、薄暗くなってからずっと心配していらいらしていたようである。私も無事に帰ってほっとしたところであった。山本兵曹は長官に対して献身的であった。三沢の航空隊から長官のところへ、はるばるとリンゴが届けられてきたことがあった。大西長官は、俺はいいから、二〇一空に届けてくれ、と山本兵曹に言ったという。

朝食に、彼がどこからか玉子を仕入れてきて長官に出すと、実施部隊に玉子などあるかな、と長官が独り言をつぶやいたという。朝晩身近に仕えて、こういう長官の言動を見聞きしている山本兵曹は、全く長官に心酔していたのである。

（長官が）私だけを連れて歩く山の散歩は、この二回だけであった。この後長官は、小田原参謀長や、二航艦の宮本実夫防衛参謀、二十六航戦の吉岡忠一参謀などを連れて、本格的な複郭《ふくかく》陣地の検討に入った。山本兵曹が随《つ》いて行って川を渡ったりしたそうだが、私は、他の仕事もあって、二度とついていく機会はなかった≫

3、長官と玉子

この記述からも、山本兵曹と長官の間柄が浮かび上がってきますが、玉子のことで思い出したことがあります。

山籠もりの後、食事が細く日に日に痩せていく長官を気遣った門司副官から「長官に栄養を取らせるため、玉子を食べさせたい」と言われた山本兵曹が、玉子を求めて山を下った時の話です。既に各所にゲリラが待ち構えていて危険だったのですが、何とか長官に栄養をつけさせたいと彼は必死で現地人部落に潜入するのです。

勿論〝強奪〟するのではなく、価値は下がりつつあったものの軍票とかシャツなどとの物々交換だったといいます。こうしてようやくアヒルの玉子二個を手に入れ、ゲリラの待ち伏せをかわしつつ司令部に戻ると、大西長官は二航艦長官と会談中で、その後夕食に「生玉子」を食卓に出すと、いきなり二航艦長官から「従兵！」と大声で呼びつけられます。

駆けつけると「貴様、こんなものを俺に食わせる気か！」と怒鳴られて、玉子の入ったお椀を突き返されたそうです。中には孵化《ふか》しかかった雛《ひな》が入っていたのですが、現地ではそれこそ最も貴重な栄養源だということを二航艦長官は知らなかったのでしょう。

そこで山本兵曹は「申し訳ありません」とお椀を持って下がったそうですが、大西長官は無言だったといいます。ゲリラが待ち伏せしている山道を、命がけで潰《つぶ》さないように苦労して運んできた玉子です。その時彼は、大西長官とはあまりにも違う某長官の態度に「殺してやりたい！」と本気で思ったと涙ながらに私に話してくれた姿が今も目に焼き付いています。

大西長官には子供がいませんでしたし、当時の山本兵曹は

流出した中将の制服

十九歳でしたから、長官夫人もわが子のようにかわいがってくれ、自決後、夫人は「これは山本が持っているのが一番大西が喜ぶ」と言って形見に制服と軍帽をくれたのだといいます。

彼は長官の命日には必ず横浜近郊にある寺にお参りしていたようでしたが、基地に寄贈してくれた大西中将の遺品は、松島基地の広報館に展示されていました。

しかしあの三・一一大津波に流され、その後制服は見つけたものの破棄処分せざるを得なくなったと基地司令から電話がありました。ところが軍帽だけはいくら探しても見つからなかったので、隊員たちは「津波が予想より低かった」のは大西長官が基地を守ってくれたからではないのか？　つまり大西中将の軍帽が身代わりになってくれたのでは？　とうわさになったといいます。

第五章

天皇の御嘉祥「しかしよくやった…」

1、大西長官の〝困惑？〟

十月末のある日の夕刻、特攻作戦を継続しているセブ基地に、敷島隊の戦闘経過を聞かれた陛下のお言葉が届きます。空襲の少ない夕刻に、指揮所前に総員集合がかかり、二〇一空セブ派遣隊の、工作員も看護員も、夕食の準備中である一部主計員と当直の電信員を除いた総員が整列しました。中島飛行長が号令台に上がり、「神風特別攻撃隊の出撃を聞《きこ》し召《め》されて、軍令部総長に賜ったお言葉を伝達する」と言うと、一瞬一同の間に厳粛な空気がみなぎります。

「陛下は神風特別攻撃隊の奮戦を聞し召されて、『そのようにまでせねばならなかったか。しかしよくやった』とのお言葉を賜った」…。

総員身じろぎもしません。

「このお言葉を拝して、拝察するのは、畏《おそ》れながら、我々はまだ宸襟《しんきん》を悩ましたてまつっているということである。我々はここにおいて益々《ますます》奮励し、大御心《おおみこころ》を安んじたてまつらねばならないと思うのである」と中島飛行長は補足します。

数日前に、作戦指導に来ていた猪口参謀が、「マニラでこのお言葉を拝した大西長官は、全くおそれいられたようだ。それは指揮者たる長官としては、作戦指導に対して、むしろお叱りを受けたと考えられたからであろう」と語っているところを見ると、大西長官の心中には複雑なものが去来《きょらい》していたのではないか？　と思いますが、中島飛行長は更に次のように続けます。
≪大西長官は、特攻隊編成の当初には、敷島、朝日、山桜、大和の四隊の体当たり機十三機をもって、相当数の敵空母の甲板を撃破し、栗田艦隊のレイテ突入を可能ならしめれば、「捷一号」作戦の戦勝の機を開くことができる、したがって特攻隊はこの四隊で終わりにする、というように考えていたらしい。というのは私（中島）が二十日セブ島進出直前、ちょうど飛行場指揮所に見えた大西長官に「特攻隊は、わずかこの四隊でいいのですか？」と不服の言葉を発した時、「飛行機が少ないからなあ、やむをえん」と答え、その語調からは、何とかしてこれくらいで特攻隊は止めたいものだ、と考えているらしい感じを受けたからである。
しかし、連日の攻撃にもかかわらず、一隻の空母すら撃破できず、さっぱり成果の上がらないところへ持って来て、翌二十四日には、栗田艦隊が敵機の攻撃圏内のシブヤン海に入る、というせっぱつまった状態に追い込まれて、長官は特攻隊の機数を増加しなければ、とうてい所《しょ》期《き》の目的を達しえないと考えるようになったのであろう≫
小田原参謀長によれば、大西中将は常々、「国力の限界である。もう戦争は続けるべきではない。一日も早く講和を結ばねばならぬ。万一敵を本土に迎え撃つようなことになった場合、アメリカは敵に回して恐ろしい国である。歴史に見るインディアンやハワイ民族のように、指揮系統は寸断され、闘魂のある者は次々各個撃破され、残るのは女子供と、意気地《いくじ》のない男だけとなり、日本民族の再興の機会は永久に失われてしまうだろう。

このためにも特攻を行ってでもフィリピンを最後の戦場にしなければならない」

「闘魂のある者が次々と各個撃破され、意気地のない男だけとなり、日本民族の再興の機会は永久に失われ」た感のある今の日本の状態を見事に言い当てているじゃありませんか！

「大西は、後世史家のいかなる批判を受けようとも、鬼となって前線に戦う。講和のこと、陛下の大御心を動かし奉ることは、宮様と大臣とで工作されるであろう。天皇陛下が、御自らの御意志によって戦争を止めろと仰せられた時、私はそれまで上は陛下を欺き奉り、下は将兵を偽り続けた罪を謝し、日本民族の将来を信じて必ず特攻隊員の後を追うであろう」と語っていたと言います。これが戦後「特攻隊生みの親」という〝悪役〟に名指しされている大西中将の本心だったと私は思うのです。

2、止められなくなった特攻作戦

これは全くの私見ですが、以上のような経緯を見ると、大西長官は、特攻作戦に関する天皇の御嘉祥に、戸惑ったのは事実じゃないか？　と思うのです。

話は変わりますが、近衛文麿《このえふみまろ》公の長男・近衛文隆中尉は、戦後ソ連に抑留されて殺されますが、生前、部下に日米戦についての感想を求められた時「(この戦争は)ボクシングのようなものだ。誰かがタオルを投げ入れる必要がある。近衛(父親)は優柔不断で頼りない。大臣らはダメだ。松岡(外務大臣)は逆だ。天皇しかいない」と語ったといいます。

つまり、既に当時のわが国の指導者たちには、その実行力も決断も期待できないから終戦に結び付けられるのは「天皇しかいない」というのですが、昭和天皇は当時四十四歳という若さでしたから、良き〝股肱《ここう》の臣〟が必要でした。

しかし、戦後発刊された各種資料を見ても、残念ながら当時の重臣たちにはほとんど期待できなかったというべきでしょう。

大西中将は、「統帥の外道」は一時的な戦術行動に終わらせて、もっと「大局的観点からの終戦」を期待していたのではなかったのか？　その手段が「特攻攻撃」ではなかったのか？そんな疑問が私の頭から消えないのです。

それには特攻隊出撃の訓示の下敷きに「大臣も軍令部長も役不足、〝天皇しかいない〟」という考えがあったのでは？　と仮定すれば解けてきます。

これ以上若者たちに死を強制しないで済ませるために「大御心のご決断を仰ぎたい…」という大西中将の切なる願いが…。

余談ですが、私は昭和十一年二月二十六日に起きた、いわゆる二二六事件の処理も、これに似ていたような気がしてならないのです。

あの時青年将校たちは、乱れきって経済状況も悪化している政情を憂《うれ》え、天皇に直訴《じきそ》して世直しを図ろうとしたのだ、と思われるのですが、第一報を聞いた政府はあまりの出来事に動揺して右往左往します。ちょうど福島原発事故を知った菅総理（当時）の行動に似ていました。

しかし一報を受けた昭和天皇は「彼らは賊軍である」と断定、「反乱軍をただちに鎮圧せよ。お前達にできないなら自分が近衛部隊を率いて鎮定に当たる」と激怒の言葉を発せられたとされています。

つまり青年将校らは「陛下の股肱の臣」を殺害した「賊軍だ」というわけです。この一言で我に返った軍上層部は、東京市に戒厳令を施行して、「兵に告ぐ」というビラを撒《ま》きます。その結果兵たちは動揺し、やがて鎮圧されたのですが、兵たちも陛下の大切な「赤子《せきし》」ではなかったのか？　と私は思うのです。むしろ〝老人ら〟よりも純真な赤子でした。

当時の内大臣秘書官は木戸幸一《きどこういち》でしたが、彼は戦後「二・二六事件が起こることを一か月前から知っていた。…」と語っています。重要な役職にありながら、なぜ事前に止めなかったのか？　と不思議です。彼は事件後も陛下に青年将校を早く処分するように上奏したようですが、この木戸こそ「君側の奸《かん》だ」という説さえあります。一説には（一報を受けた）「甘露寺侍従が天皇の寝室まで赴《おもむ》き報告したとき、天皇は、『とうとうやったか』『まったくわたしの不徳のいたすところだ』と言って、しばらくは呆然《ぼうぜん》としていた」という説もあるからです。

特攻攻撃実施報告が上奏された時も、しばし天皇は躊躇《ちゅうちょ》され「そのようにまでせねばならなかったか…」と言われたのですが、「しかし、よくやった」と付け加えられたことになっています。本当に陛下のお言葉だったのでしょうか？　この一言で大西中将は特攻作戦を止めるわけにはいかなくなったのだ…と私は思います。

木戸幸一氏が不評なのは天皇の側近にいつも存在していた彼の身内に、ハーバード大学時代にアメリカ共産党員となりコミンテルンの手先であった都留重人がいて、彼は木戸の姪を妻に持つ姻戚関係にあり、木戸夫妻と都留夫妻は同居していたから、情報は筒抜けだったからだといいます。この場合もドイツよりも先に日本が停戦しないように、特攻隊の継続を仕組んでいた形跡があるというのですが、ここでは特に論じません。ただ、都留氏に関しては、「日米交換船：鶴見俊輔・加藤典洋・黒川創共著：新潮社刊」を読めば、当時の左翼活動家たちの動きの一端が理解できるでしょう。私は、陛下に直接特攻報告をしたのが誰か知りませんが、天皇のお言葉を引き継いで、「畏れ多くも…」と現地における戦況の悪化を申し上げ、終戦のための何らかのご指示を仰ぐよう行動していれば…と思うのです。

例えば仮に、「そのようにまでせねばならなかったか。しかしよくやった」とのお言葉があったにせよ、「上聞に達した」ことだけを大臣、軍令部総長は部隊に伝達できなかったのか。そして直ちに関係閣僚が集まって、天皇の「そこまで…」という部分を受けて、特攻作戦を見直し、終戦に道筋をつける行動がとれなかったものか？　と悔やまれるのです。

もちろん当時の陛下は「現人神《あらひとがみ》」ですから、よほどのことがない限り、家臣が進言することは困難だったのかもしれません。

ところが後に出版されて話題になった「天皇の独白録」などを見る限りにおいては、〝側近〟との会話は成り立っているように感じますから、どうしても引っかかるのです。

勿論、戦後生まれの私の単なる感想であり、希望で言っているに過ぎません。当時の陛下の周りに、本気で国を思う〝臣〟がいなかったからか、それとも〝勇気ある大臣〟がいなかったからなのか、私にはよくわかりませんが…。

3、正攻法を「特攻作戦」に変更

「捷一号」作戦の成功のカギを握る第二航艦主力の三五〇機が二十三日にクラーク飛行場に進出してきた時、戦力が消耗して総勢五〇機に満たない戦力だった第一航艦の大西長官が、第二航艦にも特攻作戦に加入するよう強く申し入れます。しかし、福留長官に受け入れられませんでした。大西長官はその夜、福留長官に対して「第二航艦が既定方針通り、大編隊攻撃法によって進むことは、異議をさしはさむ筋合いではないが、おそらく今この練度を以てしては、攻撃効果の期待はおぼつかない。第一航艦の特別攻撃は必ず戦果を上げ得るものと信ずるが、機数が非常に少ない。そこで第二航艦の戦闘機の一部を割《さ》いてこれに加勢してもらいたい」という趣旨の意見を熱心に申し入れています。

このころ、遠征途上にあった栗田艦隊は、シブヤン海で大損害を受けつつも、レイテ湾に向かっていました。

「しかし福留長官は、今まで訓練した大編隊攻撃への期待と、特別攻撃法を採用した場合に起こりうる各搭乗員の士気の喪失を懸念して、これにも賛意を表さなかった」とされています。ところが栗田艦隊突入支援の最も大事な二十四、二十五両日に行われた第二航艦二五〇機の大編隊による攻撃は、巡洋艦二、駆逐艦三を撃破したにとどまり、見るべき成果はなかったのです。

これに対して第一航艦が実施した特攻隊は、敷島隊のわずか五機で、敵空母一撃沈、一撃破、巡洋艦一轟沈、同菊水隊の彗星艦爆一機により空母一撃破という戦果を挙げたのです。この戦果報告を聞いた大西長官は門司副官のそばで、「――甲斐があった」と聞き取れないような低い声で言います。特攻隊を編成した長官としては気が気じゃなかったことでしょう。命中せずに戦死していればそれこそ〝犬死〟だからです。眼鏡の奥の目はうるんでいたといいます。そしてしばらくして「これでどうにかなる」とつぶやきます。

それは戦局挽回とはいかないまでも活路が開けるという意味だったのでしょう。捷一号作戦には間に合わなかったが、体当たり攻撃の効果は実証できたのです。そこで両長官はその夜寝室の机を挟んで意見交換しますが、福留長官が最も心配する「搭乗員の士気」について、大西長官が確信を持って保証すると断言したため、遂に福留長官も、先任参謀らを呼んで研究を重ね、二十六日夜更けに至って特攻作戦を採用するに至ります。

しかし、あと二日早ければ、栗田艦隊の被害も局限でき、栗田長官も航空支援を実感して進撃できただろうと悔やまれます。

この時点で大西長官は、成果を上げるために支那事変の時と同様、両艦隊を合体して「連合基地航空部隊」を編成し、先任の福留中将を統一指揮官に、大西中将が参謀長に、二航艦の柴田大佐が作戦部長、一航艦の猪口大佐が特攻隊の実施並びに指導に任ずることになります。何とかして栗田艦隊のレイテ突入を成功させたい、との一心だったと思います。

大西中将と同期である福留中将は、「戦略戦術の神様と言われ、日米開戦時の軍令部作戦部長として昭和十八年に連合艦隊参謀長になるまで日本海軍の作戦の中枢」にあった人物ですが、「戦前における海軍主流の大艦巨砲主義者で、典型的な『頑迷《がんめい》な鉄砲屋』で、航空戦への理解に欠けていた」ともいわれています。

中には「悪い意味での日本海軍の成績重視教育での賜物《たまもの》ともいうべき思考と人物像に加え、教科書通りの戦術・戦略しか立てられず、柔軟性に欠けていた」とも評され、特に山本長官戦死後、後任の古賀長官が連合艦隊司令部をパラオからミンダナオに移動中、悪天候のために古賀長官は遭難殉職（海軍乙事件）、福留参謀長一行は泳いでセブ島東岸にたどり着いたものの、フィリピンのゲリラ部隊に捕らえられたという過去があります。

そこで日本軍の討伐隊のゲリラ攻撃中止と引き換えに釈放されて東京に戻ったのですが、この時、海中に投棄した防水ケース入りの機密文書（昭和十九年三月八日付「聯合艦隊機密作戦命令第七十三号」と暗号機密図書）がゲリラに回収され、直ちにマッカーサーに通報されてオーストラリアで翻訳されて部隊に配布されるという大失態を演じています。

東京に戻った後、事情聴取されますが〝無罪放免〟されて第二航空艦隊司令長官に着任したのですから〝弱気〟だったのではないでしょうか。

撃墜された福地大尉が漂流中に目撃したように、捕虜になることを潔しとせず、仲間の下級将兵らは自決していったのですから、この処置には納得しかねます。

福地大尉が、我々はどんなことがあっても捕虜だけには絶対ならないと決意した時、「故郷の母の困惑した顔」が浮かんだと書いていますが、家族が〝非国民〟扱いされるのを恐れたのでしょう。これが当時の戦時下における国内情勢でした。

更にフィリピン作戦で不運にも被弾して不時着し捕虜となった搭乗員たちが、幸運にも進撃してきた陸軍に救出されて原隊のラバウルに送り返されてきた時、当時の海軍司令部では一旦捕虜になった者は、部下として再び認めなかったといいます。そして彼ら一行七名は部隊全員が白眼視する中で、兵舎の片隅で生ける屍《しかばね》の如き生活をしていたといいます。そして時々、きわめて危険な任務が課せられたが、いつも不思議に命拾いをして還って来たそうですが、遂に「モレズビー攻撃後自爆せよ」という非情な最後命令が出されます。

彼らは誰一人見送りのない飛行場を単機で飛び立って行きましたが、「〇時〇分、我モレズビーを爆撃す。只今より自爆す。天皇陛下万歳！」と最後の無線連絡をして自爆しています。福地大尉らもどんなことがあっても、捕虜にはなるまいと思いますが、実行することはできませんでした。

そのような環境下にあった部下たちですから、福留中将の件を薄々感じていたでしょう。その上、彼はもともと飛行機乗りではなかったのですから、搭乗員たちとのつながりも薄く、ミッドウェー海戦時の南雲長官同様、航空作戦についての知識は乏しかったから、搭乗員たちとの間に溝があったのではないでしょうか？

したがって、特攻隊編成時における関大尉や練習生を選抜した一航艦のマバラカット基地の雰囲気と、二航艦司令部員たちとは全く違っていたと推定できます。搭乗員の気質は、空中感覚がない者には到底理解できないからです。

現在でも操縦者ではない指揮官が飛行部隊の長になると、操縦者たちの間には微妙な感情が生まれるのですが、今は〝平時〟ですからさほど問題にはならないものの、当時は激戦中でしたから影響は大きかったと感じます。ですから福留長官は〝読めない〟「搭乗員の士気」にこだわったのでしょう。

「大編隊攻撃法」が如何に時代遅れで効率が悪かったかは、昭和十七年十一月十二日にガ島ルンガ沖敵艦雷撃命令を受けて出撃し、撃墜されて奇跡的に生還した福地大尉の手記が明瞭に示していますが、それ以前にも支那事変の重慶《じゅうけい》爆撃のころから非効率的であることが証明されていたのです。

砲術屋の福留中将には理解されていなかったのでしょうが、ここにもまた、帝国海軍の〝年功序列主義人事〟の悲劇が災いしたような気がしてなりません。

こうして乾坤一擲のチャンスを生かせなかったのでしたが、更に太平洋という広大な戦域に展開していた海軍にしては、当時の通信手段とも相まって、各部隊間の情報交換が非常に悪かったように思えます。

レーダー装備の代わりに、見張り要員に「肝油」を飲ませて視力維持を図ったという有名な語り草がありますが、何とも近代的な装備を誇った大海軍の割には、肝心な時の情報伝達が実にルーズだったように思えてなりません。門司副官の書にこんな一節があります。

正攻法攻撃に固執《こしつ》している第二航艦と特攻作戦でわずかな機数になっていた一航艦が合体する直前のマニラの司令部でのことです。


≪栗田艦隊のその後の様子は、相変わらずよくわからないままであった。レイテ湾に突入したという連絡はなく、母艦を砲撃した後の状況は不明であった。敷島隊が二隻の空母を撃破したとしても、敵の機動部隊は、他に何群かいるはずである。再び空襲をうけているのではあるまいかと思われた≫

当時の通信は今のようなダイヤル電話や無線通信ではなく〝無線電信〟であり、電波伝播《でんぱ》というやっかいな問題を抱えていました。当時日米両軍が多用していたのは短波通信でしたが、これは電離層の反射を利用して見通し距離外との通信を行うものです。

その上、栗田長官が座乗していた重巡「愛宕《あたご》」は、真先に撃沈されましたから、乗員はバラバラに収容されることになり、移乗した「大和」の設備は愛宕よりも良かったにせよ、通信関係者は組織的に活動できなかったようです。

勿論今の海上自衛隊の通信系はよく整備されていて、米海軍との間も密接で立体的戦闘ができるようになっていますが。

4、栗田艦隊反転の謎

各部隊がてんでばらばらだった「捷号作戦」は結果的に失敗しますが、それは打撃部隊の主力であった栗田艦隊が、計画通りレイテ湾に突入せず、「謎の反転」をして戦場から離脱したためで、人間爆弾として敵艦に突入した関大尉以下、多くの若者たちの死は、生かされませんでした。

戦艦武蔵、シブヤン海に没す(昭和19年10月24日)

栗田長官がなぜ反転したか、それもつまりは情報伝達の不備にあり、小沢艦隊の囮《おとり》作戦が成功していることを知らず、大西中将が「必死隊」を突入させてまで援護しているという、そのような作戦に関わる全体図が、栗田長官の頭に描かれていなかったので、疑心暗鬼になっていたのでしょう。この謎についても多くの書が出ていますから、私見だけを書いておきます。

遊撃隊が出撃後、巨大戦艦「武蔵」はシブヤン海に沈みましたが、この時猪口参謀の実父である猪口敏平《としひら》艦長

（少将）も艦と運命を共にしています。

別動隊の西村艦隊も志摩艦隊も、夜間レーダー射撃によってほぼ壊滅したのですから、最高指揮官たる栗田中将も平常心ではいられなかったと思います。

ですからこれは私の勝手な想像ですが、レイテ湾突入寸前まで迫った栗田艦隊が、突如〝反転〟したのは、通信設備が不備で航空攻撃の成果がわからず、戦況がさっぱりつかめなかったことと、虎の子の帝国海軍艦艇がこれ以上沈むことがあれば、彼は生きては戻れなかったでしょうから、その責任感にさいなまれて、決断が鈍ったのではないでしょうか？

つまり、肝心要の時に最高指揮官が一時的な〝神経衰弱〟になっていたとしか思えません。そしてそれを助長したのは「睡眠不足」ではなかったか？　と私は推定しています。レイテ湾に到達するまでの栗田艦隊の航跡を見ればよくわかります。

激しい空襲を受け、帝国海軍が最も得意とする夜襲もレーダー射撃で粉砕され、ようやくシブヤン海からレイテ湾にたどり着いたものの、その間将兵は戦闘の連続で一睡もできなかったに違いないからです。

戦後、栗田長官を批判する本がかなり出ましたが、エアコンの効いた書斎で考えるのとはわけが違うことを知るべきでしょう。

そんな中においても、最高指揮官の判断を誤らせないように休息と睡眠をとらせるよう工夫するのが幕僚や副官の務めなのですが、おそらく司令部自体が甚大《じんだい》な被害を受けていたのですから不可能だったに違いありません。睡眠不足は弱気になるほか、恐るべき誤判断を招くものです。

いずれにしても、広大な海空域の中で実施されたこの作戦は、陸軍とはもちろん、海軍各部隊間との連携がうまく取れなかったことが不幸でした。

その証拠に、着任直後の大西中将が、海空の効果的な連携を維持するため、栗田艦隊の出撃を二日遅らせようと動いていています。『神風特別攻撃隊』にはこうあります。

≪（特攻作戦を）「統率の外道」だと言い切って大西長官はこう言った。

「特攻隊を編成して二十日に帰ってきてから、この攻撃が成果を上げるまで遊撃部隊（栗田艦隊など）の出撃を待ってもらおうと思い、自分は電文を持って南西方面艦隊司令部に出かけて行ったんだが、その時にはもう「出撃」の命令が出た二時間後だった。こうなれば、今からやめてもらうのも、いたずらに混乱をきたすばかりだから、と考えて、そのまま電文は引っ込めて帰って来たんだよ」

大西長官の言葉には、感情的なところは少しもなかったが、レイテ周辺の戦闘の惨敗を知るその心中は、推察するに余りあった≫

いったいこの大作戦の全体像は、誰がどこで掌握《しょうあく》して指揮していたのでしょうか？組織上は、日吉の連合艦隊司令部で、豊田司令長官がとっていたことになりますが、現地の実情はてんでんばらばら、指揮通信系統も不確実で情報も混乱しています。まるで目隠ししてサッカーをしているようではありませんか？

こうして「捷号作戦」は目的を果たせませんでしたが、天皇の御嘉祥を頂いた特別攻撃戦法は、その後止められなくなってしまいます。大西長官は苦しんだことでしょう。

そして戦後に大西中将が「特攻という統率の外道」の責任を負わされ、スケープゴートにされたような気がしてなりません。

5、昭和天皇独白録から

例えば「独白録」には、「大和」の特攻出撃と講和について次のようなお言葉があります。

≪……所謂特攻作戦も行ったが、天候が悪く、弾薬はなく、飛行機も良いものはなく、たとえ天候が幸いしても、駄目だったのではないかと思う。

特攻作戦というものは、実に情に於て忍びないものがある。敢て之をせざるを得ざる処に無理があった。

海軍はレイテで艦隊の殆ど全部を失ったので、とっておきの大和をこの際出動させた。之も飛行機の連絡なしで出したものだから失敗した。

陸軍が決戦を伸ばしているのに、海軍では捨鉢の決戦に出動し、作戦不一致、全く馬鹿馬鹿しい戦闘であった。

私は之（沖縄作戦）が最後の決戦で、これに敗れたら、無条件降伏も亦已《や》むを得ぬと思った。沖縄で敗れた後は、海上戦の見込みは立たぬ。只一縷《いちる》の望みは「ビルマ」作戦と呼応して、雲南を叩けば、英米に対して、相当な打撃を与え得るのではないかと思って、梅津に話したが、彼は補給が続かぬといって反対した。

雲南作戦も已《すで》に望みなしということになったので、私は講和を申し込むより外《ほか》に途《みち》はないと肚《はら》をきめた≫

他方、高松宮は「戦さが困難となったから、民心を一新のため伊勢神宮に祈願されては如何」と申し出たが、天皇からは「木戸や松平とも相談したが…」と言って断られます。

しかし「平和の日が早く来るようにお導きを願いたいということ、現在の国家の困難は私の不徳の致すところであるから、今後国家が立ち直るようにご指導を願いたい」という内容の告文を持って名代《みょうだい》として伊勢神宮参拝を頼まれます。

≪すでに絶対国防圏を破られた以上、大東亜共栄圏建設の理想を捨て、戦争目的を如何にしてよく負けるか、に置くべきである。一億玉砕なんて事は事実上できはしない。新聞などで、玉砕精神ばかりで行こうというのは誤りなのだ。

お上は防空壕中にてご生活にて、周囲には皇后陛下のほか女官のみにて、一切皇族をお近づけ遊ばされず……自分も今年になって一度拝謁《はいえつ》しただけで、お話申し上げたことはない。むしろ申し上げて勅勘《ちょっかん》（注：天皇から受けるとがめ）を蒙《こうむ》るようならはっきりするのだけれど…≫

と高松宮は日記に書いています。このように、天皇もまた〝孤独〟だったことがわかります。

これらのことから私は、天皇はそこまで戦況がおわかりだったのに、どうして二二六事件の時のように強いイニシアティブを御取りにならなかったのか？　と思うのです。

少なくとも天皇は特攻について「情に於いて忍びない」「あえてこれをせざるを得ざるところに無理があった」と明言しておられますが、木戸や松平という側近はどうしてそのお気持ちがわからなかったのでしょう。

故になぜ昭和十九年末のあの時点で「しかし、よくやった…」と付け加えられたのか私は理解に苦しむのです。

ですからこれを聞いた大西長官が別の意味で「全く恐れ入った」のではないかと考えるのです。大西長官は、「こんなことをせねばならないというのは、日本の作戦指導が如何にまずいか、ということを示しているんだよ。これは統率の外道だよ」と常々語り、「もう戦争を続けるべきではない。特攻によってもレイテ防衛は九分九厘見込みは無い。しかし、このことを聞かれたならば、天皇陛下は必ず戦争を止めよ、と仰せられるだろう。

そして身をもって国を守った若者達がいたという事実がある限り、五百年後、千年後の世に必ず日本民族は再興する」とも語っているのです。

天皇の御嘉祥を聞いた中将は、「作戦指導に対してむしろ〝お叱り〟を受ける」ことをひそかに期待していたのに、「御嘉祥とは…」と困惑したのではないか？　と私が想像した理由はここにあるのです。

「しかし、よくやった…」という文言は、大臣か軍令部総長か〝君側の奸〟が、前線の士気高揚のために付け足した〝陰謀〟ではなかったことを祈っています…。

6、その後の軌跡

十月二十五～二十六日にレイテ沖海戦で関大尉以下による特攻作戦が開始されて以降、十一月二〇日に一航艦司令部はマニラからバンバンに移動します。

十一月二十四日にはB-二九約八〇機が東京を初空襲し日本本土に危機が迫ります。

昭和二十年に入ると、一月十日に一航艦司令部はフィリピンから台湾に移動、大西中将は五月十日に軍令部次長へ転任します。

激しい爆撃を受けたクラーク飛行場

そして四月六日には、帝国海軍の象徴であった、超弩級戦艦「大和」以下が、沖縄へ特攻出撃し、二十三日には沖縄が、激戦の末、陥落します。

そしてついに八月十日にポツダム宣言受諾通告が出され、八月十五日の「終戦のご詔勅《しょうちょく》発布」となるのですが、その日に宇垣長官が〝最後の特攻〟出撃をして、八月十六日には特攻の責任を取って大西中将が南平台の官舎で自決します。両者共に覚悟の上だったことは明らかでしょう。

宇垣長官が、終戦後に部下を引き連れて特攻攻撃したことが非難されることがありますが、満州では、終戦と共に侵入してきたソ連軍の戦車に体当たりして散華した陸軍将兵がいることは案外知られていません。そのことも付け加えておきましょう。

東京都世田谷区下馬にある「世田谷観音」は別名「特攻観音」とも呼ばれています。私は世田谷に住んでいたころよく参拝したものです。山門の右手には「世田谷山観音寺・吉田茂書。昭和二十八年七月開山・太田睦賢建立」、左手には「奉安特攻平和観音・竹田恒徳書」と書かれた石碑があり、旧小田原代官屋敷が本坊になっています。

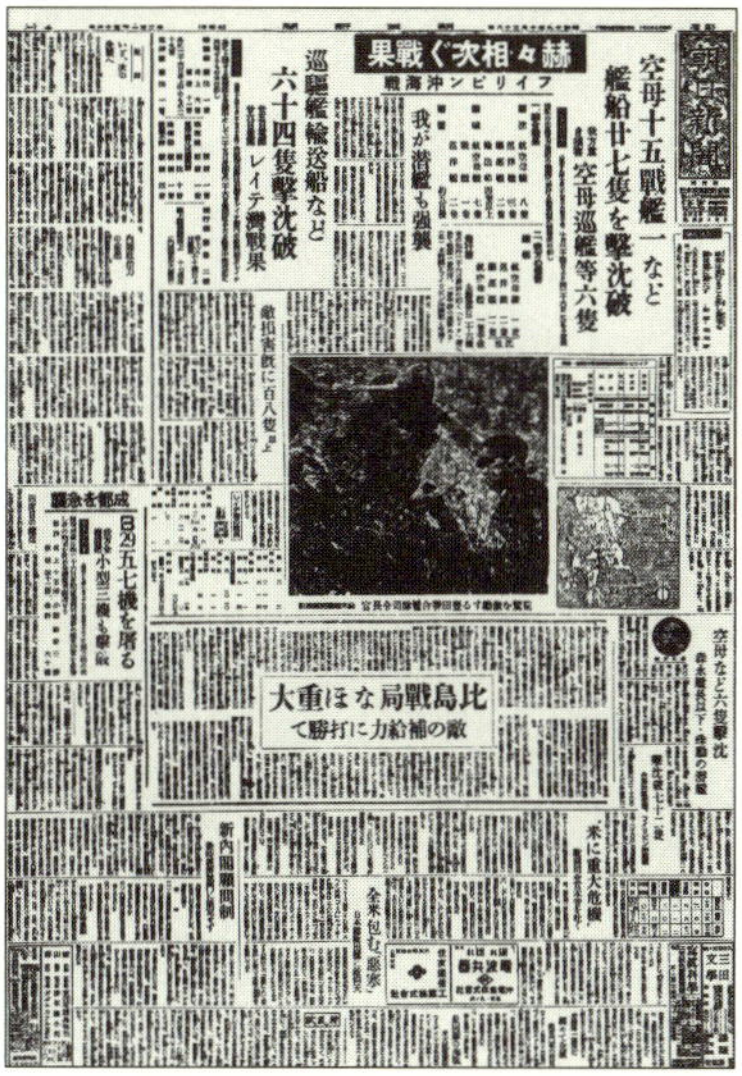
赫々相次ぐ戦果
フィリピン沖海戦
空母十五戦艦一など
艦船廿七隻を撃沈破
空母巡艦等六隻
我が潜艦も強襲
巡驅艦輸送船など
六十四隻撃沈破
レイテ灣戦果
比島戦局なほ重大
敵の補給力に打勝て

フィリピン海戦を報じる朝日新聞（昭和19年10月28日）

仁王門のそばにはさざれ石が二個飾られ、地蔵菩薩像と当時の清国から一六九一年十月に寄贈されたという狛犬《こまいぬ》が置かれています。さほど広くない境内には、夢違い観音、六角堂、阿弥陀堂、文殊《もんじゅ》菩薩、三鈷《さんこ》の松があり、正面に龍の彫り物が見事な観音堂がありますが、その左手のやや小ぶりの御堂が特攻観音堂です。その奥に黒御影石の

「神州不滅特別攻撃隊の碑」が立っていて、こう刻まれています。

《第二次世界大戦も昭和二十年八月十五日祖国日本の敗戦という結果で終末を遂げたのであるが、終戦後の八月十九日午後二時、当時満州派遣第一六六七五部隊に所属した今田少尉以下十名の青年将校が、国破れて山河なし、生きて可否なき生命なら死して護国の鬼とならむとて大切な武器である飛行機をソ連軍に引き渡すのを潔しとせず、谷藤少尉の如きは結婚間もない新妻を後ろに乗せて、前日二宮准尉の偵察した赤嶺付近に進駐し来るソ連戦車群に向けて大虎山飛行場を発進、前記戦車群に体当たり全員自爆を遂げたもので、その自己犠牲の精神こそ崇高にして永遠なるものなり。此処に此の壮挙を顕彰する為記念碑を建立し英霊の御霊よ永久に安かれと祈るものなり。

陸軍中尉　今田達夫　広島
〃　馬場伊与次　山形
〃　岩佐輝夫　北海道
〃　大倉巌　〃
〃　谷藤徹夫　青森
〃　北島孝次　東京

〃　宮川進二　〃
〃　日野敏一　兵庫
〃　波多野五男　広島
陸軍少尉　二ノ宮清　静岡
昭和四十二年五月
神州不滅特別攻撃隊顕彰会建立》

特攻観音正面と「神州不滅特別攻撃隊」の碑

平成十三年八月十五日に参拝した時、たまたま一緒になった方が、「私はこの碑にある神州不滅特攻隊員と同じ逓信省飛行学生出身で、同期一二〇名が陸軍に併合され連日特攻攻撃訓練を受けました。南方戦線に出撃する直前にソ連の不法な侵攻が始まったため大混乱、そのまま満州でソ連軍相手に戦うことになったのです。この中の馬場中尉と波多野中尉の二人は特操一期生でした」と語りかけて

谷藤夫人が同行した陸軍の九九式高等練習機

きました。

私が当時の訓練状況を聞くと「飛行時間は多いもので約四〇〇時間、一日九時間の飛行訓練でした」と答え、「谷藤少尉の新妻は、複座機である九九式高等練習機の後席に同乗して、最愛の夫と共にソ連軍の戦車に突っ込んだのです」と言います。

谷藤夫人の名前は刻まれてはいませんが、国のために死んだ護国の神の一人であることに変わりはないでしょう。このような終戦秘話ともいうべき実話は他にも多かったのです。

今の、平和で何不自由ない社会に生きている若い男女は、このような「愛」があったことをどう受け止めるでしょうか？

「人はパンのみにて生きるに非《あら》ず」という聖書の言葉が胸に響きます。

第六章

責任の取り方

1、自決と遺書

大本営海軍部員であった寺井義守《よしもり》海軍中佐は、終戦のご詔勅発布後の気持ちをこう書いています。

≪昭和二十年八月十五日、宇垣長官が部下たちの後を追って、沖縄海域に突入されたという報告が大本営に入った時、官邸に引きこもっておられた大西軍令部次長のことが何となく気になって、私は同僚を誘って次長官邸を訪れた。

私は、宇垣長官の戦死をはじめ一般戦況について報告した。大西中将は、不断と少しも変わらず淡々と談笑されるので安心して辞去しようとすると、中将は我々を引き止め夕食を共にされた。酒も出て、中将は愉快そうに時を過ごされた。私も、これですべてが終わったという安心感に浸《ひた》り、夕食を楽しんだ。夜更けて官邸を後にした。

後で思い起こすと、この時中将はわざわざ玄関の外まで見送りに出て、「日本再建のため、しっかり頼む」と言って握手されたのが、いつもと違っていた。

翌朝、出勤して大西中将自刃《じじん》の報に驚かされた。深い悲しみとともに、自刃の数時間前でさえ中将の真意を知り得なかった不明を恥じたのであった≫

大西中将は、終戦の翌日壮絶な自決を遂げました。そこには次のような遺書が残されていました。

「遺書」

特攻隊の英霊に曰《もう》す　善く戦いたり深謝す
最後の勝利を信じつつ　肉弾として散華せり
然《しか》れ共その信念は遂に達成し得ざるに至れり
吾死を以って旧部下の英霊と遺族に謝せんとす

次に一般青壮年に告ぐ
我が死にして軽挙妄動は利敵行為なるを思い
聖旨に副《そ》い奉り自重忍苦するの誡めともならば幸いなり
隠忍するとも日本人たるの矜持《きょうじ》を失う勿《なか》れ
諸子は国の宝なり

平時に処し猶克く特攻精神を堅持し
日本民族の福祉と世界人類の和平のため最善を尽くせよ

海軍中将大西瀧治郎

八月十六日　大西中将
富岡定俊少将閣下
御補佐に対し深謝す
総長閣下にお詫び申上げられたし
別紙遺書青年将兵指導上の一助ともならば御利用ありたし

こうして「統率の外道」と認めざるを得なかった「必死攻撃」は幕を閉じたのですが、大西長官の、この作戦に対する真意は果たしてどうだったのでしょうか？

2、自決に関する海軍省公表文並びに八月十七日付の報道

≪大西軍令部次長自刃〝死を持って特攻の英霊に謝す〟

海軍省公表（八月十七日一六時）

「海軍中将大西瀧次郎は八月十六日　官邸に於いて自刃せり」

大西中将は故山本元帥とともに、海軍航空を今日あらしめた開拓者、特に比島戦以来の我が特攻隊の生みの親として、その放胆大量なる大良識家ともいふべき人格は、特攻隊員一人一人の鑽仰《さんぎょう》の的であった、その中将の遺書は、切々特攻隊員の英霊に送るとともに、軽挙は利敵行為なりと後進を戒めているのである、中将の心事を思ふだに胸が塞がるのである。大詔渙発されてより自刃の日までの中将の心境は、あたかも晴れ渡った空にかかる満月のような澄みきったものであったことが察せられる。

なほ告別式は東京渋谷の官邸で、十七日午後三時半から部内者のみで、神式により執行せられた。

神風隊生みの親　〝我が航空戦史に残すその功績〟

「大西中将は支那事変、大東亜戦を通じて航空作戦を指導し、赫々たる武勲を立て、殊に比島沖海戦、レイテ作戦と相次ぐ日米空の激闘に、必死必中世界を驚倒せしめた神風特別攻撃隊を率いて、決然その先頭にたちて、その功績は、我が航空戦史に新紀元を画したものといえる。

（略歴省略）

中将は我が国海洋航空育ての親たる山本元帥の後継者として、大正四年以来殆ど航空関係に身を投じ、自らもまた操縦桿を握って、部下の養育に一方ならぬ労苦を続けてきた、神風特攻隊生みの親も実に中将であった。（原文のまま）」≫

終戦直後の新聞記事ですが、今のメディアのような〝悪意〟は感じられません。ただ、「特攻生みの親」と表現しているところが、戦後しばらくたってから、悪意ある「特攻隊批判」に利用された気がします。

3、特攻に関する真意？

既に前章に書きましたが、十月二十七日マニラは、敵艦載機戦爆四十機の攻撃を受け、湾内には多数の艦船がマストを出して着底しているのが見えます。

猪口参謀が司令部防空壕に入ると、長官が「先任参謀」と呼び、「城英一郎大佐が、多分、ラバウルから帰ってきてからだったかなあ、体当たりでなくてはだめだと思うから、とにかく私を隊長として実行に当たらせてくれ、と再三言ってきたことがある。内地にいた時には到底やる気にはなれなかったが、ここに着任して、こうまでやられているのを見ると、自分にもやっとこれをやる決心がついたよ」と、顔を真っ直ぐ前の壁に向けたまま言います。外には銃撃音が響いています。そして長官は続けて「こんなことをせねばならないというのは、日本の作戦指導が如何にまずいか、ということを示しているんだよ。まあ、こりゃあね、統率の外道だよ」とポツンと言ったと猪口参謀は書いています。

私は退官後、城英一郎大佐の御子息と旧海軍の「史料調査会」でご一緒しましたが、実に謹厳実直な方でしたから、父上もきっと責任感の強い方だったと思います。

この時、猪口参謀は、昭和十七年三月のころのことを思い出します。当時は山本司令官率いる連合艦隊が、緒戦の勝利を拡大しようとしつつあった時でしたが、そのころ猪口参謀は、人事局第一課員で、少佐、大尉の受け持ちでした。

ある日連合艦隊の有馬水雷参謀が上京してきて、人事局に顔を出し「立派な人をくれ。実は特殊潜航艇をシドニーとジゴスワレスに入れるので、その要員だ」と言います。

「そりゃいかんぞ。真珠湾の特別攻撃隊は、何と言っても開戦初頭で、イチかバチかの時だったから許されたが、あんなことを当たり前のように二度も三度も繰り返しちゃいかんよ。統率の邪道だよ。どんなに山本大将が立派なことをされても、百年の後には、史家にたたかれると思うな」と言うと、有馬参謀は「しかし山本長官は、貴様以上のことを考えておられると思うよ」と言うのです。

そこで猪口参謀は、「そうかな!? しかしどうも少しルーズな考えのような気がするが、あんまり増上慢《ぞうじょうまん》なことをやると、いつかは天罰を加えられるぞ」と二人で言いあったと言うのです。軍令部を無視して〝独立?〟していた観のある連合艦隊らしい強引さが窺えます。

ところで「特攻隊発祥の報道」について、定説では大西長官の発案だとされていますが、戦後発表された諸説には数々の〝謎〟があります。大西長官の副官だった門司少佐は、謎の一つを次のように書いています。

4、源田参謀起案の謎

≪神風特別攻撃隊のことが、内地の新聞に報道されたのは、十月二十九日の朝刊であった。この新聞がマニラに届いたのは十一月になってからである。

一面トップに大きな活字で「神鷲の忠烈万世に燦たり」と横書きに見出しがあり、関大尉以下の体当たり攻撃に対する連合艦隊長官の全軍布告、二階級進級の報道が掲載されていた。そして、クラーク地区にいる報道班員の現地取材が、生々しい筆致で描かれていた。

はじめ、この新聞を見た時、その報道の大きさに、ちょっと驚いた。ひそやかに命名され、バンバン川でささやかに屯《たむろ》していたあの人たちが、拡大されて、びっくりするほどの大きさになっていた。彼らは、こんなことを期待していなかった。もし、これを見たら、はにかんだように照れるのではないか――そんな気がした≫

何となく戦前の毎日新聞の「南京の百人斬り報道」を思い出します。〝戦意高揚のため〟の全くの架空物語だったのに、戦後に遺族が訴えた裁判では会社ぐるみで責任逃れをしたあの事件です。

≪しかし、内地の人々は、この「体当たり」という日本人的な肉弾攻撃を知って、「これだ！」と思ったのではないか。上海事変の爆弾三勇士や、真珠湾の特殊潜航艇など、過去における捨て身の行為は同じように大きく報道され、人々の気持ちに、日本人らしい興奮を与えた。大本営報道部が国民の士気高揚のために、神風特別攻撃隊を大きく発表したのであろうが、私は内地の人々が、これを読んで感激しているのを想

昭和 19 年 11 月 15 日発行の「写真週報」の表紙（内閣情報局編集）

像すると、それが自分にも跳ね返って、私自身も改めて興奮するような感じであった。

当時、私は見ていなかったが、戦後になって、軍令部が打電した次のような電報があることを知った。

――神風攻撃隊の発表は全軍の士気高揚並びに国民戦意の振作《しんさく》に至大の関係あるところ、各隊攻撃の都度、純忠の至誠に報い、攻撃隊名（敷島隊、朝日隊等）をも併せ適時の時期に発表のことに取り計らい度処、貴見至急承知致度――

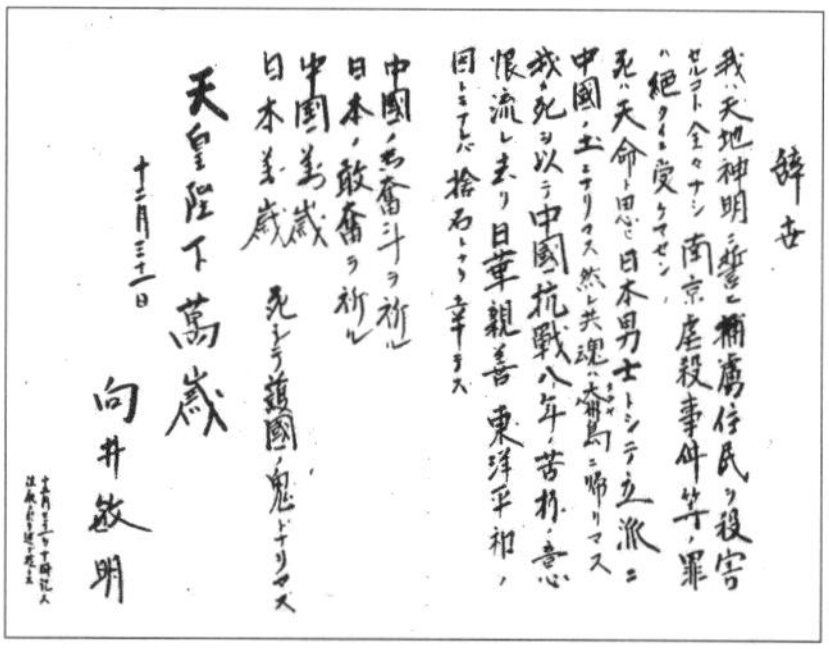
辞世
我ハ天地神明ニ誓ヒ捕虜住民ヲ殺害セルコト全々ナシ南京虐殺事件等ノ罪ハ絶対ニ受ケマセン
死ハ天命ト思ヒ日本男士トシテ立派ニ中國ノ土ニナリマス然レ共魂ハ大和島ニ帰リマス
我ガ死ヲ以テ中國抗戦八年ノ苦杯ノ遺恨流レ去リ日華親善東洋平和ノ因トナレバ捨石トナリ幸デス
中國ノ奮斗ヲ祈ル
日本ノ敢奮ヲ祈ル
中國萬歳
日本萬歳
天皇陛下萬歳
死シテ護國ノ鬼トナリマス
十二月三十一日
向井敏明

戦後南京の軍事法廷に呼び出されて処刑された向井少尉たちと遺書。
自国の新聞に裏切られた気分はどうだったのだろうか…

これは軍令部第一部長から第一航空艦隊長官あてに打たれたものである。これに対して、一航艦司令部から応諾の返信があり、前述のごとき、大きな新聞発表になったものと思われる。

ついでに言えば、この電報はその内容とは別に、特攻隊に関する軍令部の関わり方の点で戦後論議を呼んだ。この電報が実際に発信されたのは、敷島隊が成功した翌十月二十六日の夕刻であるが、電文を起案したのは、十月十三日で、起案者は軍令部の源田実参謀であったといわれる。

つまり、十月十三日の段階で、源田参謀が既に「神風」という名前を使っており、更に「敷島」「朝日」などの隊名まで知っていた。大西長官が内地を出る前に、体当たり攻撃について、軍令部総長と話し合いを行ったことは定説になっているが、源田参謀と隊名まで打ち合わせ済みであったということが、この電文によって証明されるというのである。（公刊戦史）

私は、しかし、十月十三日に源田参謀が、この電文を起案したとは、どうしても信じられない。十月十三日と言えば、台湾沖航空戦の真っ最中であり、T部隊が全力を挙げて攻撃に向かっている時期である。T部隊の発案者と言われる源田参謀は、T部隊の成果に固唾を呑んでいた筈であり、十三日は前夜の戦果が大きく報じられた日である。

大西中将は、赴任の途中でまだ台湾にいる。そういう時期の、未だ編成もされて居らず、成功するかどうかも分からない特攻隊について、「攻撃実施の都度、大命も併せ発表してよいか」

と言うような、作戦とは直接関係のない電文を源田参謀は手回しよく起案していたのだろうか。しかも「貴見至急承知致度」という文言も、十三日起案としてはせっかちすぎる。大西長官はマバラカットに向かう自動車の中で「特別攻撃隊」とは言わず「決死隊」と言った。軍令部との打ち合わせで、大命まで固めてきたような感じではない。第一、何機のゼロ戦で、何組が編成されるのか分からないのに、いくつかの隊名を出発前に決めるはずはありえない。私は、十月十三日起案というのは何かの間違いで、やはり敷島隊成功後に起案されたものだと思っている》

この門司副官の記述からは、どこか謎めいたものを感じます。単なる日付の間違いではないような？

《しかし、こういう全軍布告のような華々しい陰で、新聞にも載らずに悲運な戦死をした人もいた。敷島隊の直掩機《ちょくえんき》として、十月二十五日の攻撃に参加し、関大尉以下の体当たりを確認した西沢広義飛曹長は、セブに帰着して、体当たり成功を中島飛行長に報告した。その報告がセブから電報となってマニラの司令部に届いたことは、前に記したとおりである。西沢飛曹長は、日華事変以来、ラバウル、サイパンなど、第一線を生き抜いたベテランの戦闘機のりであった。

二十日の命名式の後、敷島隊の直掩機になったのである。

彼は、敷島隊の戦果を報告した翌日、自分の乗ってきた零戦をセブ基地に残していくよう指示され、他の便乗者と輸送機に乗って、マバラカットに帰るべく飛び立った。しかし、この輸送機は途中で敵の飛行機に遭遇し、撃墜されてしまった。他の人々と主に、西沢飛曹長は戦死した。

零戦に乗っていれば、空戦でも負けることはなかったであろうし、関大尉の直掩機として戦死すれば、特攻隊員として全軍に布告されたであろうに、輸送機の便乗者として撃墜されてしまった。

火を噴いて落ちていく輸送機の中で、彼はどんな気持ちであったろう。二〇一空からの報告でこれを知った時、何とも言えぬ焦燥を感じて仕方がなかった》

実は私もこれと同じ体験をしたことがあります。ファントム飛行隊長時代の優秀なパイロットであった川崎、正木の二人が、飛行教導隊という戦技錬成部隊で揃って殉職したのですが、搭乗していたのはT-二練習機でした。F-四という第一線重戦闘機のベテラン二人が、こともあろうに翼が折れた高等練習機で墜死したのです。どんなに無念だったか、私には西沢飛曹長の気持ちがわかる気がします。

5、特攻隊編成の責めを一身に負って

大西中将は副官に「棺を覆《おお》うて定まらず、百年の後、知己を得ないかもしれない」とよく漏らしていました。

「降伏なき戦争」の考え方を徹底して考えると、真珠湾攻撃のように、生還の道を講じて実施した作戦とは大きく異なってくるでしょう。

大西中将が置かれた立場は、国運を左右する崖っぷちに立っていたのであり、故に十死を部下に命じざるを得なかったと思います。したがってそれを命じた大西中将は、「命じた者も死んで」いなければならなかったのです。つまり、特攻出撃を命じた時点で、彼もまた死んでいたのです。山本元帥と大西中将の立場には、そこに大きな差があったというべきでしょう。

問題は、捷号作戦の成功を支援すべく開始した特攻作戦を、その後もなぜずるずると継続しなければならなかったのか？　という点です。

これについては猪口参謀がマニラで、「レイテに敵も上陸して一段落したのですから、体当たり攻撃は止めるべきではないのですか？」と言った時、特攻隊編成直後には「統率の外道だ」と言っていた大西長官は「いいや、こんな機材の数や搭乗員の技量では戦闘をやっても、この若い人々はいたずらに敵の餌食になってしまうばかりだ。部下をして死に所を得さしめる

のは、主将として大事なことだ。だから自分は、これが大愛であると信ずる。小さい愛にこだわらず、自分はこの際続けてやる」と言い切っています。

その背景には、特攻隊編成は、単なる「破壊」だけを意図したものではないという考えに変わったからではないのでしょうか？　日米が戦争をしなければならなくなった歴史的必然を認め、好むと好まざるにかかわらず、戦争の第一線に立たされた以上、職務に徹せざるを得なかった中将は、「もっと大きなもの」を求めていたのであろう、と猪口参謀は考えました。そして門司副官と同様、大西中将は仮に戦争に勝っても、自決したであろうと感じています。

松島基地で山本兵曹が「山籠もり後の大西長官は、特攻隊員の名簿を拝む毎日で、後ろ姿は坊さんのようだった」と私に語ったことに相通じるものがあります。

この気持ちは単に大西中将だけではありませんでした。長官が自決した後、淑恵夫人も自決を考えていたのです。夫の後を追おうと思ったのか、特攻隊員に対する謝罪の気持ちからかは不明ですが、門司副官はのちに、夫人が〝他人事〟のようにこう語ったのを書き留めています。

≪その時奥さんは短刀を持ち出して、胸を突こうと試みた。しかし、短刀を手に持つと、どうしたことか、腕の力が抜けてしまって力が入らない。「死ぬのが怖いんじゃないのよ。それなのに、腕がふにゃふにゃになっちゃうの」と、自分でも面白そうに話し、「やっぱり死んじゃ

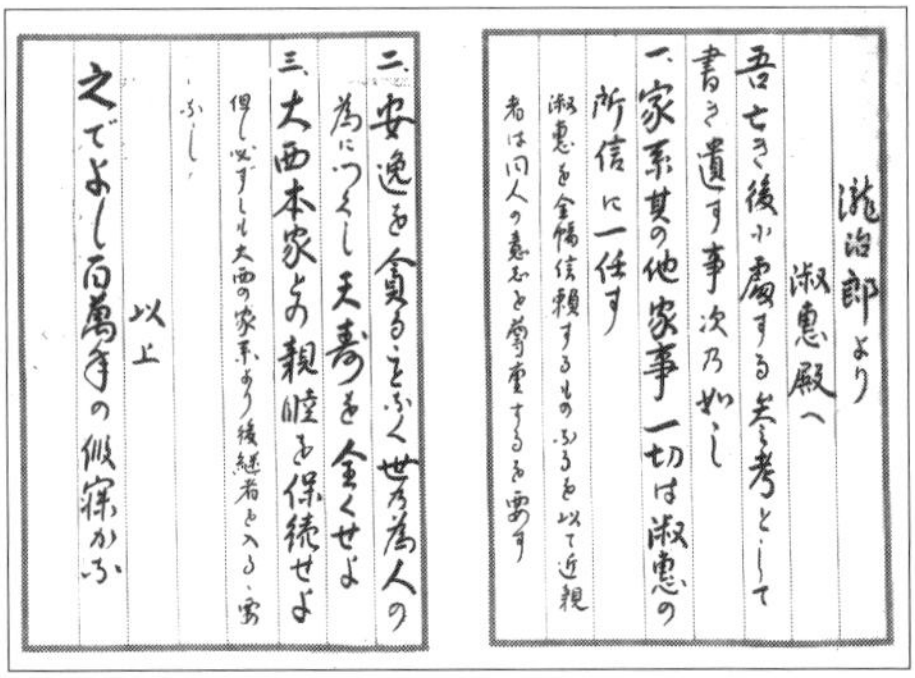
瀧治郎より
淑恵殿へ
吾亡き後に處する参考として
書き遺す事次の如し
一、家系其の他家事一切は淑恵の
所信に一任す
淑恵を全幅信頼するものなるを以て近親
者は同人の意志を尊重するを要す
二、安逸を貪ることなく世の為人の
為につくし天寿を全くせよ
三、大西本家との親睦を保続せよ
但し必ずしも大西の家系より後継者を入るの要
なし
之でよし百萬年の仮寝かな
以上

中将は最愛の妻・淑恵夫人に「天寿を全くせよ」と命じている。

いけないってことかと思って、死ぬのをやめたの」≫

恐らく三途の川の向こうから長官が止めたのだろうと私は信じています。夫人宛の遺書を見ればわかります。

大西中将が軍令部次長となって東京に戻った時、門司副官が台湾に戻る前に挨拶しようとして日吉の連合艦隊司令部に向かうと、中将はわざわざ会議を抜け出して出てきます。

そして門司副官が「今から台湾に帰ります」と挨拶すると、中将は「そうか、元気でな」と言い、敬礼して車の方に向かう彼に続いて砂利道を車までついてきますが、そこで「握手をすると、みんな先に死ぬんでなあ」と言います。

車が動き出すまで中将は立って見送ってくれますが、これが最後の別れとなった副官は、「なぜあの時『かまいません』と言って、握手しなかったのか、今でも悔やまれる」と述懐しています。長官自決後のことについて門司副官は、

≪「特攻隊員との約束を守り、見事に自決した。遺書を読んだ時、私は前半の文章ばかりが目に入った。私の知る限り、長官は、俺も後から行く、とか、お前たちばかりを死なせない、というような言葉を、口に出したことはなかった。若い人たちを扇動《せんどう》するような言動になることを、極力控えていたように私には感じられた。記憶に残る言葉としては、自分は指揮官だから、皆と一緒に行けない、という言葉だけであった。

特攻隊員を一人一人じっと見つめて、この若者は、国のために死んでくれるのだと、手を握っていた長官の姿は、その人と一緒にその時自分も死ぬのだ、という印象であった。長官は、特攻隊員とともに、何回も何回も死んだのであった≫と書き留めています。

大西長官と門司副官（当時26歳）（軍令部次長に転出する際、昭和20年5月に台湾の新竹で撮影）

そして、「ポツダム宣言受諾が決まった時、中将が迫水書記官長に『何か良い知恵はありませんか、何とか知恵を絞って、もっと戦を続けねば…』と言ったことが語り継がれ、大西は最後まで継戦を主張した強硬派のようにみられているが、遺書を読み返してみて、直前まで継戦を主張していた長官の文章としては、誠に冷静であることに気が付く。抗戦の主張から一転して、軽挙は慎めと言い、特攻隊員に諸子は国の宝なりと呼びかけ、後事を託している。平時において特攻隊員の如く自己犠牲の精神を持ち続け、世界平和のために最善を尽くせと願っている。そして『これでよし百萬年の仮寝かな』という辞世の句である。『棺を覆うて定まらず』と言っていた大西の心情に照らし合わせて、意味深長だ…」と言うのです。

第七章

特攻隊員たちの考えと戦果

1、特攻隊を誘導した搭乗員と米軍将兵の意見

ところで、敵艦に突っ込んだ肝心の特攻隊員たちの本音はどうなのでしょうか？特攻隊を誘導して生き残っている搭乗員たちと、攻撃を受けた米艦長らの証言を一部紹介しますが、特に米軍人が特攻攻撃をどのように感じたか、は貴重でしょう。

不思議なもので、日本軍人の心境は、特攻隊員も、通常攻撃隊員も、既に縷々《るる》見てきたようにほとんど同じでした。

戦後、インタビューを受けたそれぞれの経験者、例えば特攻隊を誘導した特攻銀河隊隊長・長谷川薫（当時中尉＝海兵七十三期）は、

≪通常作戦と違い特攻作戦は「成功＝死」という厳然たる事実はあったが、通常作戦でも危険度は大きく、通常の軍人の義務として、特攻故に特にセンセーショナルな感情は持っていなかった。

特攻は、戦術としては異常であったと思うが、海軍中尉として普通の、かつ、当然の作戦と認識していた。軍人としては、決定し、命じられたことを精いっぱいやるのみであり、任務第一の考えが強かった≫と答えています。

また、「ウルシー特攻誘導」二式大艇機長だった古森山少尉（十三期飛行偵察専修予備学生）は、

≪「特攻隊誘導参加」とは、目的地まで銀河特攻隊を誘導した後は、当然、大艇も敵艦に体当たりするものと思っていたが、作戦命令は、誘導終了後は「万難を排して帰投せよ」であった。

◀ 出撃直前の様子

▲ 大林上飛曹の遺筆

▼ ありし日の松永大尉
（散華後中佐）

写真提供：築城基地参考館

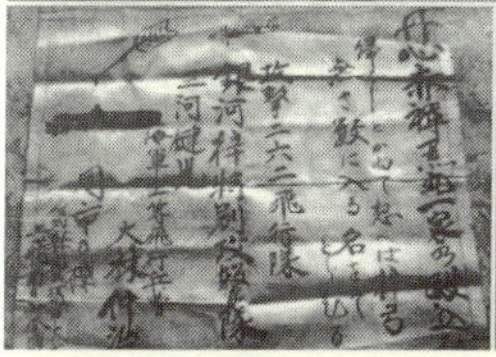

菊水部隊銀河隊で散華した松永大尉以下15名と顕彰碑建立に参集されたご遺族（築城基地）。松永大尉は「行って来ます」と言って機上の人となった…

このため、隊員たちの間に命令の矛盾とあいまいさに疑問と心構えの動揺が起こった。ヤップ島に到着し、誘導を終えたと銀河隊に別れを告げる為にバンクすると、彼らは一路ウルシー環礁を目指し、まっしぐらに夕闇の中

に消えていった。彼らは百%確実な死、自分たちの死の確率九十九・九%の役割に、何とも割り切れない、後ろめたさが切なく胸にこみ上げてきた≫と答えています。(『戦場心理＝水交会研究委員会編』から)

他方、攻撃を受けた米軍はどう見ていたのでしょう。『ドキュメント神風』には、被害を受けた米海軍軍人らが次のように答えています。

＊スプルーアンス提督のニミッツ大将への報告

≪敵軍の自殺航空攻撃の技量と効果および艦艇の喪失と被害の割合がきわめて高いので、今後の攻撃を阻止するため、利用可能な、あらゆる手段を採用すべきである。第二〇航空軍を含む、投入可能な全航空機をもって、九州および沖縄の飛行場にたいして、実施可能なあらゆる攻撃を加えるよう意見具申する≫

＊空母「タイコンデロガ」の艦長キーファ大佐の記者会見

≪特攻機は普通航空機の四倍ないし五倍の命中率をあげている。特攻機以外の爆撃から逃れるよう操艦するのはさして困難ではないが、舵を取りながら接近してくる爆弾より逃れるよう操

舵することは不可能である≫

＊駆逐艦「リュース」乗組士官

≪この戦闘は、断固たる決意を秘めた自殺機の攻撃を阻止することが、事実上不可能なことを示している≫

＊護衛空母「サンガモン」乗組パイロット・マルカム・ハーバート・マックガン大尉

≪炎上中の特攻機を海中に投棄するのを手伝ったマックガンは、ずっとのちになって、日本軍パイロットを賞賛して、「わが艦の飛行甲板を突き抜けたあの男は、私より立派だ。私には、あんなことはやれなかっただろう」と語った≫

＊第五六駆逐隊司令、駆逐艦「ニューカム」座乗・R・N・スムート大佐

≪「ニューカム」の息の根を止めるため、四番目の敵機が突進してきて、艦中央部に激突して、大火災の燃料として新しくガソリンを提供した。

消火作業を支援するため、駆逐艦「ロイッツア」が勇敢な行動をとって「ニューカム」に接近し、すでに消火ホースを「ニューカム」に延ばしていたとき、五番目の特攻機が攻撃してき

た。艦橋にいたスムート大佐は、艦上で実施されていた全作業を見渡すことができた。彼はこう語っている。

「私はどこへもいくことができなかった。自分がこの事態を切り抜けて生き残れるかどうか、私には自信が持てなかった。事実、その特攻機はまっすぐ私のほうに向かって突進してきているようにみえた。私が眼鏡を上にずらすと、特攻機のパイロットの姿がみえた。そのパイロットは首のまわりに大きな白いスカーフを巻いていた。最後の瞬間そのパイロットがどれくらい私に接近していたか私は知らないが、彼が両手を操縦桿から離してあげ、それから操縦桿を前に倒すのを見た。そのあと、彼は両手を頭上にあげて、歯ぎしりした。彼は非常に接近していたので、私は彼のそうした仕草を見ることができた。彼は艦橋めがけてまっすぐ突っ込んでき

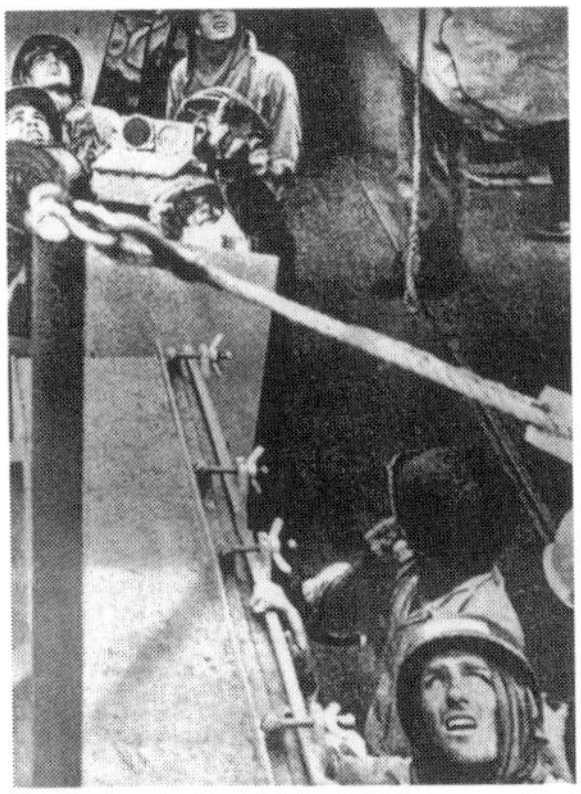

特攻機におびえる米兵

駆逐艦ニューカムの惨状

ていた。この特攻機は爆弾を抱えていたので、これがわれわれ全員にとって最後となったことであろう。

自分の体を相手に対して死をもたらすと同時に自己の命をも断つような弾丸として使用することを主唱する、狂信的で死に物狂いの戦闘について、私は語ることができない。あのパイロットの顔は今日まで私の脳裏を去らない。（もし、われわれが戦わなければならない場合には）人びとと自身を、相手に死をもたらす人間ミサイルに仕立てあげ、その結果、人びとをそれ以上、各自の祖国にとって役立たなくさせるよりは、戦って生きのび、さらにもう一日戦う方がどれほど立派なことだろうか」≫

空母「バンカーヒル」に命中

攻撃を受ける側にとっては、如何に恐怖だったかがわかりますが、今や、皮肉にもスムート大佐の〝母国〟は武士道なき〝狂信的で死に物狂いの相手〟と戦っているのです…。

2、戦果

終戦間近の混乱した時期でしたから、正確な戦果は残されていませんが、航空攻撃で公表されているのは、

≪海軍特攻機総数＝2450機（命中450機18％）
（安延海軍中佐の調査では、出撃総数2483機
命中244機、至近弾となったもの166機・奏功率16・5％）
陸軍特攻機総数＝約500機
（約1000機中海上目標に半分と仮定）
戦死者数：海軍2535名。陸軍1844名。総計4379名≫
とされています。

勿論敵側のハルゼー提督は「われわれの統計によれば、カミカゼの命中率は1％に過ぎない…」と強気な発言をしていました。そして米海軍の資料には、イギリス海軍と、米陸海軍徴用の輸送船（商船）の被害は入っていませんが、公表された米軍の〃大本営発表〃は上の表の通りです。

戦果・米側公表資料

艦種	沈没		損傷	
	通常攻撃	特攻	通常攻撃	特攻
正規空母	5	0	9	4
小型空母等	3	0	2	3
戦艦	12	0	18	10
巡洋艦	29	0	27	5
駆逐艦	18	11	9	61
掃海艇等	3	1	2	22
その他	27	4	22	80
計	97	16	89	185

第八章

英霊の怒りと悲しみ

1、英霊の気持ちを忖度する

国を守るために〝淡々と〟敵艦に体当たりしていった若き英霊方との会話は不可能です。生きている我々が推察する以外にはありません。

そこで「はじめに」で書いたような国の指導者たちの無責任な行動に対して、どんな気持ちだろうかと推察してみます。

虎は死ぬと皮を残しますが、人は何を残すのでしょう？　昔は「名を残した」ものですが、現在では、不名誉な名を残す傾向が強いように思われます。釈迦や、キリストのような聖人は天界に入れるのでしょうが、精進できていない私のような者の魂は、呪縛霊となってこの世に残るのじゃないでしょうか？

よくいわれる言葉に「霊魂と怨念」というのがあります。そして「霊魂は不滅である」ともいわれます。

散華した古川中尉は、「死を嫌い、兵をいやに思う自分が、而《しか》も兵隊となり必死を予想される飛行機を選び、祖国のために喜んで死にゆく事実を世の人は心して見るがいい」

出撃直前の彼は何を思っていたのか…
後ろでは時計を見ている。あと何時間の
命だったのだろうか

見送られる者よりも、見送る方がつらかっただろう…

「自分が真実のまじめな考えに更ける時、一方において安逸の生活をむさぼっている人間を考える時に自分の気持ちは不公平な階級を恨むのだ。われらは死は嫌だといっても戦死を覚悟している。死ぬことを知っていても敵の中に飛び込んで行ける。この気持ちは、たとえ自分が孤独であると知りつつ、自分の周囲にこれを聞いてくれる人を持ちたいのだ」と遺言しました。

2、霊魂と怨念

恨み＝うらみ（怨み／憾み）とは、「他からの仕打ちを不満に思って憤り憎む気持ち。怨恨」を言います。「あいつには恨みがある」「恨みを晴らす」というように使います。「憾み」とは、他に比べて不満に思われること、もの足りなく感じることですが、怨念＝怨みとは、相手からひどい仕打ちを受け、機会あらば報復しようとする感情を指します。

日本文化を代表する古典の謡曲や能、歌舞伎は、霊魂が主役になっていて、「怨めしや〜」

と出てくるのが通例になっています。特に「この怨み晴らさでおくべきか」というセリフは有名ですが、「とても非力で正面切ってやり返すことができない弱い立場」から来ているのだそうです。国のために散り、戦友たちと約束した靖国神社に来てみたら、参拝を拒む首相や国民がいると知り、物言えぬ英霊方が抱く気持ちに似ているのではないでしょうか？　実にひどい仕打ちですから。

幽冥境を異にして、現世に生きている我々人間と交信できない英霊方は、洋の東西を問わず霊魂（英語のＳｏｕｌ、またはＳｐｉｒｉｔ）となって、〝精神的実体〟として存在すると考えられています。更に霊魂にこの世で果たせなかった情念が籠ったままであれば、つまりこの世に未練が残っていればなおさら成仏できずに未成仏霊として漂っていると思います。（『ジェットパイロットが体験した超科学現象』を参照）

「念」は心から常に離れない気持ち、思い、願いのことであり、「思いを残す」という言葉があるように死後も存続することが可能だと考えられているからです。

友人の若いジャーナリストは、靖国を参拝するたびにこの〝現象〟に会うそうです。一の鳥居から本殿に向かっていると、自分のそばを何人かが並んで歩く気配がして、大村益次郎《ますじろう》の銅像のあたりで取り囲まれ、強い霊気を感じるのだそうです。神社詣でが趣味？　になっている彼には、それが怒りの波動だとわかるそうです。

もう一人の霊感が強い青年は、靖国神社では元より、時折夢の中に特攻隊の若者が出てきて、「貴様らは何をしているのだ。おれたちはこの国を守るために突っ込んだのだ！」と怒りの声を上げるというのです。

霊感が弱い私にはなかなかわかりませんが、もしも彼らの怨念が残っているとすれば、つまり、彼らがこの世で成し遂げられなかったことに執着しているのだとすれば、特攻隊員に選定されたことに対する怨みというよりも、関大尉や古川中尉が遺書に書いたように、この世に残される実母や新妻に対して尽くせなかったという〝悔やみ〟ではないでしょうか？

戦争中は彼らに代わって、国がそれを果たす約束でしたが、驚くべきことに敗戦一夜にして「軍神」から「戦争犯罪人」に貶《おとし》められ、約束は守られませんでした。

残された家族の苦労は筆舌に尽くし難い状況でしたから、彼らが恨むとすれば、「お国のために」命を捨てたにもかかわらず、約束を反古《ほご》にした国の無責任さ、卑怯さに対するものだろうと私は感じています。

私の操縦者としての経験からいえば、目標に突っ込むことができた英霊は、ある意味〝満足〟して散華できたでしょうが、たどり着けなかった者や、直前に撃墜されて目的を達することができなかった者の悔しさは、何にもまして強く残っていると思います。

前述したスムート大佐は、突入寸前の搭乗員が「両手を操縦桿から離してあげ、それから操縦桿を前に倒すのを見た」と言っています。「天皇陛下万歳」と唱えたのか、「両親に別れを告げたのか」その仕草にインパクトを受けます。

そういう観点から私は、霊魂というよりも、操縦者の〝仕事である〟体当たりという目的を果たせなかったという「無念」さがこの世に残っているように感じるのです。

例えば、五輪でメダルを取れなかったり、サッカーでゴールできなかったという気持ちに似た感情です。皆さんは、残された次の写真から何を感じますか？

火の玉となって空母「サンルー」に突っ込んだ彼は使命を果たした満足感があっただろうか…

米巡洋艦に体当たり寸前の特攻機。目標に向かいつつ彼は何を思っていただろう…

被弾しても空母「キッカンベイ」を目指す特攻機。操縦不能！ 悔しかったことだろう…

空母「ビックスバーグ」に突入寸前の彼は目標から目を離さなかったに違いない…

空母に突入寸前の特攻機。眼前一杯に甲板が映っていただろう…

被弾後も空母「サンガモン」に迫る特攻機。
翼端に微かに「ストレーキ」が見えるから搭乗員は懸命に操縦桿を引いている…

突入成功！ 巨大な艦体が迫る…一瞬、走馬灯のように父母や家族のことが脳裏に去来したのではなかろうか？

3、祈り＝鎮魂と供養

そこで大切になるのが鎮魂と供養なのですが、「はじめに」に書いたように、この国の指導者たちは何に気兼ねするのか、地震や大雨の犠牲者に対しては積極的に慰霊祭に参加しますが、大戦の英霊に対しては消極的で侮辱して恥じません。

両陛下が列席されて武道館で行われる慰霊祭は、靖国に集合している彼らにとっては〝無関係〟のように感じます。

「祈りは自らの願望や懇願のためだけにあるのではない。感謝や愛、思いやり、従順、誠意、畏敬のためにも、人は祈ることが出来る。祈ることの効果の一つは、祈る人の心に新しい良いものを芽生えさせてそれを培《つちか》うことにある」と村上和雄筑波大教授は言います。

更に「個人の祈りや願いが天に通じる時、心が落ち着き、心の中に中心軸が出来て、ぶれない生き方が出来るようになる。このことを人間は太古から直感していたのだろう。人は無力だから祈るのではなく、祈りに思いもよらない力があるから祈るのだろう」とも言っています。祈る場所は特に指定されないにしても、そばに靖国神社があるのですから、近接しているとはいえ武道館はなじまないと思うのです。

特に村上教授の言葉の後半は、一国の首相たる安倍総理にぜひ理解してほしいと思います。第一次内閣が潰えた時、私は英霊の祟りではないか？　と書きました。しかし復活した安倍総理は、硫黄島に出向き滑走路上で祈りを捧げました。するとどうでしょう。「思いもよらない力」が生まれ、国家を精力的に善導し始めているではありませんか！

やはり英霊のご加護だ！　と私は信じたいのです。

戦没者メモリアルに敬礼する英王子ご夫妻

世界中の国々は、国のために命を捧げた兵士に対して、敬《けい》虔《けん》な感謝の祈りを捧げますし、わが国の首相らも、外国に行くと、自然に他国兵士、時には仇敵の墓にさえ、頭を下げます。もともと日本人は、戦場でさえも敵味方の区別なく「供養」するのが武士としての礼儀でしたから、シナ大陸でも敵兵の墓を建てて供養するのが通例になっていました。

シナ軍の戦死者を弔う日本軍部隊長

しかし、不思議なことに、今次大戦の終戦以後は、他国の言いなりになって自国の英霊を供養しようとはしません。実に不思議なことですが、私に言わしめれば、国民の中から選挙で選ばれた〝平民宰相〟が参拝しようとしまいとどうでもいいのです。

開戦時と終戦時に「ご詔勅」を発して、その責めを一身に負うとマッカーサー連合軍司令官に〝直訴〟された昭和天皇の御親拝を妨害してきたことはきわめて無礼ではないか、と思うのです。

大西中将は、この「統率の外道」をあえて実行するに当たって、言外に天皇陛下にメッセージを発したのだと私は想像しました。しかし、陛下はなぜか「御嘉祥」されたのです。

これで計画が狂った大西中将は、徹底的に米国に挑戦して、震え上がらせ、米国民の厭戦気分を呼び起こそうとしたのではないか？　と思いました。

しかし、敵もさるもの、恐るべき攻撃で震え上がりながらも、「損害は軽微だ」と豪語し、その復讐として無《む》辜《こ》の日本国民を焼き殺す、残酷な無差別爆撃を行い、遂に原爆まで投下し、こう言い放ちました。

「日本人の総玉砕を止めさせるのには、ある種の奇跡が必要だった。それこそが広島と長崎の二発の原爆であった」と。

　その結果、広島では七万八〇〇〇人が消滅し、五万一〇〇〇人が負傷し、長崎では三万五〇〇〇人が消滅し、六万人以上が負傷しました。

　この決定を下したのは、トルーマン大統領ですが、周囲の反対を押し切って原爆投下命令を下したといわれていて、占領軍司令官だったマッカーサーは、「日本がソ連に和平仲介を頼んだと知った一九四五年六月、私は参謀達に、戦争は終わりだ、と告げた。ところがワシントンのトルーマン政権は突如日本に原爆を投下した。私は投下のニュースを聞いたとき激怒した」と語っています。

「武士道とは死ぬことと見つけたり」というのは有名な『葉隠《はがくれ》』の言葉ですが、文化が異なる米国人には理解できないことでしょう。しかし、『ＫＡＭＩＫＡＺＥ』の著者Ａ・Ｊ・バーカーは「〝万歳突撃〟の多くは、突然に命じられたもので、陸軍作戦には、狂信的要素が存在していたが、「神風」「回天」「海竜」などに乗った人たちは、自らを神にささげた人たちであった。…狂信的であろうとなかろうと、彼らの行動は、深く根を下ろしている日本の伝統と、専制的な政治機構とについて理解できた時に、初めてわかるのである」と書き、最後に「終戦によって、日本には新しい形式の政体が生まれた。しかしながら、日本人の伝統は、なお生き続けているのである」と締めくくっています。

4、大西中将の〝遺言〟＝「台湾における大西長官の訓示」

ところで、大西長官は、昭和二十年三月八日、台湾で指揮官から一兵卒、所在の設営隊員らに至る全隊員を前に訓示をしました。門司副官によると、「ちょっとびっくりするような思い切ったもの」でした。

そこで最後に、大西中将が珍しく自ら推敲《すいこう》して書き上げた「台湾での訓示」全文を掲げておきます。

この訓示全文は、「機密第五基地航空部隊訓示第一号。昭和二〇年三月八日：作戦地　第五基地航空部隊指揮官　大西瀧次郎　『台湾各基地実視に際し訓示』」として記録（原文はカタカナの旧仮名遣い）に残っています。

今改めてこれを熟読してみると、徹底抗戦のくだりは、現代日本人には違和感があるかもしれませんが、当時の全国民は無条件降伏などあり得ないと考えていたのですから、覚悟をして長官の訓示を聞いたと思われます。

しかし、その他の内容は、特攻隊構想はもとより、戦争全般に対する大西中将の考えが凝縮されたものであって、今でも示唆《しさ》に富んでおり、これこそ中将の本心（遺言）と受け止めていいように思います。

やむを得ず「英米との戦争」に突入した大西中将の心の叫びでもあり、その後に米国が遭遇した「ベトナム戦争」「テロとの戦い」など対外戦争の結末をも鋭く指摘しているといえるのではないでしょうか。

同時に戦後、大和魂を失ったかに見える日本人の生き様に対する鋭い警告でもあるような気がしてなりません。

≪当方面基地実視のこの機会に於いて、所懐《しょかい》を述べて訓示に代えたいと思う。

戦争の現状を冷静に観察するのに地理的に之を見ると我は依然として初期作戦の戦果たる地域の大部分を保有し、又奪還せられた方面においても各所に執拗なる出血戦術を実施中であって、これを開戦前と比較すると、優勢な立場にあるともいえるが一方敵の攻撃は愈々《いよいよ》日本本土に近迫、本土に対する空襲は日と共に激化し、又比島の大勢が敵の手に帰して以来、南方交通は極めて不如意《ふにょい》となり、更に全般的の戦力の低下、同盟国独逸の苦戦等を思い合せると、日本は遠からず負けるのでは無いか、と心配する人もあるであろう。然し、日本は決して負けないと断言する。

今迄我軍には局地戦に於いて降伏というものがなかった。又今後も決して無いのであるが、戦争の全局に於いても亦《また》同様である。局地戦では全員玉砕があるが、戦争全体としては、日本人の五分の一が戦死する以前に、敵の方が先に参ることは受け合いだ。

米英を敵とする此の戦争が極めて困難なもので、物質的に勝算の無いものであることは、開戦前から分かって居ったのであって、現状は予想より数段我に有利なのである。

然らば、斯《か》くの如き困難な戦争を何故始めたかと言えば、困難さや勝ち負けは度外視しても、開戦しなければならない様に追いつめられたのである。

彼の圧迫に屈従して戦わずして精神的に亡国となるか、或は三千年の歴史と共に亡びることを覚悟して戦って活路を見出すかの岐路に立ったのである。そこで、後者を撰んで死中に活路を見出す捨身の策に出たのである。

捨身の策と言っても決して何とかなるであろうと言う様な漠然たるものでは無いのであって、如何なる経路状態に於いて勝つかの見当はついて居るのである。純然たる武力戦に依る形の上で勝つ見込みは殆ど無いが、長期持久戦に依る精神的の戦即ち思想戦に於いて勝たんとするものであって、武力戦は其《そ》の手段に過ぎないのである。

即ち、時と場所とを選ばず、成るべく多く敵を殺し、彼をして戦争の悲惨を満喫せしめ、一方国民生活を困難にして、何時までやっても埒《らち》のあかぬ悲惨な戦争を、何が為に続けるかとの疑問を生ぜしめる。此の点、米国は我が国と違って明確な戦争目的を持たないのであって、其の結果は、政府に対する不平不満となり、厭戦思想となるのである。

彼米国が日本を早く片付けなければならぬと焦って居る原因は、実に此処に在るのである。又、彼が最も恐れる処は人命の損耗であって、之の代わりに彪大《ぼうだい》な物量を以てせんとするのである。人命の大なる損失は忽《たちま》ち国内で大なる物議を醸《かも》し、戦争の遂行に心配があるからである。

彼は人命の代わりに艦船、飛行機各種兵器の彪大な量を以て勝たんとして居るが、我々は之を見せつけられて少しも怖れるに当らないのである。我々は之を見て考えることは、米国と雖《いえど》も此等艦船兵器は土の中から自然に出てくる物で無いということである。

此の物量を作る為、如何に彼等が努力し、又如何に国力を消耗しつつあるか、従って之が為、如何に一般国民生活が圧迫を受けて居るかと言うことである。

彼は、もう一ヶ月すれば独逸が参る、三ヶ月で日本が手を挙げると国民を引張って来て居るのである。

之に対して我は、如何に多くの人命を失うとも、如何に生活が苦しく共、之が何年続くとも頑張り通し、凡《あら》ゆる手段方法を以て、多くの敵を殺すのである。

我は已むに已まれぬ戦争、而も皇国日本が三千年の歴史と共に亡びるかどうかの戦争である。如何なることがあっても負けられぬ戦争であるのである。正味の戦争は之からだ。

戦争の苦痛を味わった点に於いて日本は未だ足らない。独逸、ロシヤ、英国等が如何に多くの人命を失い、而も之に耐えて居るかを見よ。

苦しみ抜いて然る後勝って始めて戦争の仕甲斐があるのである。

私は、比島に於いて特攻隊が唯国の為と神の心となって攻撃に行っても、時に視界不良で敵を見ずして帰って来た時に、こんな時に視界を良くすることさえ出来ない様なれば、神などは無いと叫んだことがあった。

然し又考え直すと、三百機四百機の特攻隊で簡単に勝利が得られたのでは、日本人全部の心が直らない。日本人全部が特攻精神に徹底した時に、神は始めて勝利を授けるのであって、神の御心は深淵である。日本国民全部から欧米思想を拭《ぬぐ》い去って、本然《ほんぜん》の日本人の姿に立ち返らしめるには荒行《あらぎょう》が必要だ。今や我が国は将来の発展の為に一大試練を課せられて居るのである。禊《みそぎ》をして居るのである。

戦闘が愈々熾烈となり、戦場が本土に迫って来るに従って、流石《さすが》に呑気な日本人も本気になって来た。神風特別攻撃隊が国民全部を感奮興起せしめた効果は、真に偉大なものがあった。今や、日本は特攻精神が将《まさ》に風靡《ふうび》せんとして居る。特攻隊は空に海に陸に活躍して居る。陸海軍数千台の練習機も特攻機に編成せられつつある。国民残らず此の覚悟で頑張るならば必ず勝つ。少なくとも決して敗れることはない。

百万の敵我が本土に来攻せば、我は全国民を戦力化して、三百満五百満の犠牲を覚悟してこれを殲滅せよ。

三千年の昔の生活に堪える覚悟をするならば、空襲などは問題でないのである。

斯く不敗の態勢を調《ととの》えつつ、凡ゆる手段方法を以て敵を殺せ。その方法は幾らでもある。斯くして何年でも何十年でも頑張れ。そこに必ず活路が啓《ひら》かれ、真に光栄ある勝利が輿《あた》えられるのである。否、自ら勝利を獲得するのである。

「ガダルカナル」以来後退を重ねてきた実情を知って居る者は、敵は今後も今迄の勢で攻略して来るであろう、私が以上述べた様には行くまい、と疑念を懐く人があるであろう。それは、戦争の初期に我が軍が「ミッドウェイ」で失敗する迄は、彼米国はあの勢で来られては、米本土に今に日本軍が上陸するであろうと恐れたと同様である。

強弩《きょうど》の末魯縞《すえろこう》（注：強い弩も末には魯の縞すら穿《うが》つことができなくなる。勢いが衰える様・漢書）を貫かず、と言うことがあるが、如何に強い弓から放たれた矢でも、最後には一枚の布を貫く力も無くなるのである。

米国の放った大砲の弾も、次々と鉄板を貫通して来た今日では、余程弱って来て居って、現に比島を貫くのに四苦八苦である。日本本土に近接するに従って、愈々こちらの鉄板が厚くなるのは当然である。

次に台湾に来るであろうが、此処で受け止め得るかどうかはやって見ねば分らんが、我々は全力を尽くすのみである。

我等航空部隊は誠に幸福である。飛行機を以てすれば死に甲斐のある戦が出来るからである。地上戦闘で一人で百人を殺すことは不可能に近い。精鋭な兵器を有する敵に対しては、時に数倍の犠牲を出すことも已むを得ないのである。飛行機を以てすれば、一機で数百名の敵を船もろ共に殺すことが出来る。然し、搭乗員は一人の力で之が出来るものと考えてはいけない。

飛行機や兵器は、現在では国民の血、汗、涙の結晶である。又多数の整備員その他地上勤務者の努力のかたまりである。此の飛行機を最も有効に使用して貰うことを念じつつ、女子供迄が泣きながら作って居るのである。先日、内地から来た人から聞いた話であるが、報道班の人が某飛行機工場での講演の際に、「飛行機が足りないから負けて居る」と話した所、女子挺身隊の一人が「私達がこれ迄一生懸命にやっても、未だ飛行機は足りないのですか」と言って声を挙げて泣いたと言うことである。

内地では、女子供迄が冬の真最中に、火の気のない工場で、ヒビ、シモヤケでただれた小さい手で旋盤を動かして居るのである。

今や飛行機や兵器は、単に飛行機会社や兵器工場の製品でなく、国民全部女子供迄が勝って貰う為に泣きながら作った、金に代えられない貴重なものである。之を思う時、我々の責任の一層重大なことを考えさせられるのであって、與えられた飛行機は一機餘《あま》さず完全に戦力化しなければならないのである。

分散隠匿《いんとく》が不十分で、ムザムザ地上で損耗したり、整備が悪くて不時着したり、又搭乗員の不注意で戦果を挙げずして飛行機を失ったりしては誠に申譯がないのである。

特に搭乗員は一機の飛行機と雖も、数千数万の国民の血と汗と涙の結晶であって、之を最後に預けられて皆の代表としてその威力を発揮するのであるから、其の責任は実に重大である。

航空部隊は、航空戦力を最大に発揮するのがその任務であるのは勿論であるが、然し従来の経験からすると敵の攻略に当って全力を以て船団を攻撃する時は、二、三百機の飛行機も二日位で使いつくし、三日目位には十機内外が残るのみとなるのである。

此の後は、一満数千の地上員の大部は地上戦闘員として、成るべく多くの敵を殺さなくてはならないのである。

序《ついで》に参考の為に航空部隊として、地上戦闘に就《つ》いて私の考えを述べる。

玉砕と瓦解《がかい》との区別をする必要がある。

敵に大なる打撃を与えて死ぬのは玉砕であるが、事前の研究準備を怠り敵の精鋭なる兵器の前に単に華々しく殺されるのは瓦解である。

単に安全のみを考えて、山奥深く立て籠るのは戦争の傍観である。総力戦の今日、老人子供と雖も戦争の傍観は許されないのである。

宜《よろ》しく其の部隊の内容、特質、装備、訓練を考慮し、その特質を生かし缺点《けってん》を補い、地理的状況を深く考慮し、この際「飛行場を死守するのだ」という様な、単純な考え方をすることなく、最も多くの敵の大軍を吸引牽制し作戦の大局に寄与することを計らねばならない。効果的な地上戦闘を行う為には、研究準備を餘程早めに手廻しよくして置かなければ、いざと言う時に瓦解する外致し方ない様になるのである。

特に心得て置くべきことは、航空作戦から地上作戦への移行は急激であって、二、三日の間に切り替えが必要となるのである。航空作戦を行いながら、一方地上作戦の準備をすることは、一般になかなか実行しないのであるが、飛行作業の人員を極力節約して地上戦闘の準備に大いに努力する要があると考えるのである。

最後に特に述べたいことが二、三ある。

国家危急存亡の此の秋《とき》に當って頼みとするは必死国に殉ずる覚悟をしておる純真な青年である。

大日本精神、楠公《なんこう》精神、大和魂を上手に説明する学者や国士は澤山あるであろうが、此等の人に特攻隊を命じても出来ないであろう。之をよくするものは、諸士青年の若さである。実に若者の純真とその体力と気力とである。

今後、此の戦争を勝ち抜く為の如何なる政治も作戦指導も、諸士青年の特攻精神と、之が実行を基礎として計画されるにあらずんば成り立たないのである。

既に数千数萬の者が祖国を護らんが為、天皇陛下萬歳を叫びつつ、皇国日本の興隆を祈りつつ、日本人らしく華と散った。又現在も夜を日についで散りつつあるのである。

皆の友人が戦いつつある硫黄島、「マニラ」「クラーク」を思え。我等も之に続かなければならない。彼等の忠死を空《むな》しくしてはならない。彼等は最後の勝利は我にあるを信じつつ喜んで死んだのである。

如何なることがあっても光輝三千年皇国を護り通さなくてはならないのである。

各自定められた任務配置に於いて、最も効果的な死を撰ばなければならない。

死は目的ではないが、各自必死の覚悟を以て一人でも多くの敵を殺すことが皇国を護る最良の方法であって、之に依って最後は必ず勝つのである。≫

おわりに＝「君は国のために死ねるか？」

「特攻とは何だったのか」「突入するまでの操縦席での彼らの意識」「特攻の〝父〟大西中将の人柄」「海軍操縦者養成計画の無計画さ」、最後に、靖国で会おうと笑って国のために散華した英霊たちの「怒りと悲しみ」について、収集していた史料から独断で推定してみました。

日本の命運をかけた「捷号作戦」を成功させるために発案された特攻攻撃でしたが、その後の情勢から一時的なものとして終結できないものになってしまい、青年たちは、お国のために、愛する妻や家族のために、次々と爆弾を抱いて笑って散っていきました。

A・J・バーカーは、「この〝狂気〟は日本の伝統と政治機構を理解できた時に初めてわかる」と書き、最後に「終戦によって生まれた新しい政体下でも、伝統はなお生き続けている」と締めくくっています。

そこでその〝新しい政体下の青年〟たちは、どう思っているのかについて、私が現役時代に部下たちに対して「君にとって国家とは何か？　君は国のために死ねるか？　死ねる理由、死ねない理由を書け」と課題作業を命じた時の彼らの回答をご紹介しておきましょう。

部下たちから提出された回答内容はさまざまでしたが、結論は「基本的には死にたくないが、任務を遂行してその結果死ぬのなら本望だ。自分は愛する妻、子供、両親のために、日本人としてのプライド、男としてのロマンのためならば危険を顧みない。自ら選んだ『自衛官』である以上、後ろ指を差されたくない」というものであり、中には「五十を過ぎたこの身体、喜んで御国に捧げます」という叩き上げの一尉（大尉）、「私利私欲に目がくらんだ政治家達のためなら絶対に嫌だが、信頼できる上司、先輩、友人のためなら戦死は怖くない」と書いた三佐（少佐）、「自分は国のためと言うよりも、自分の愛する者のためならいつでも死ぬ気はあります。死んだ後に、『あいつは国のために死んだのだ』と言われようと言われまいと、死んでしまった私には無関係です」という二尉（中尉）もいましたから、私は、伝統は確実に受け継がれていると嬉しくなったものです。

勿論これは、自衛官が対象でしたから、大西中将が期待された〝一般青年〟がどう思っているかは私にはわかりません。

「国家」とは、「一定の領土とその住民を治める、排他的な権力組織と統治権をもつ政治社会であり、通常領土・国民・主権の三要素を持つもの」だといわれていますが、今や領土は不法に占領され、国民は拉致されても保護してもらえず、主権侵害も内政干渉も排除できない何とも情けない国になっていますが、そんな「脆弱な国家に生を受けたあなたは、本気で国に命を

増谷邸でのご夫妻の団欒　昭和20年8月11日撮影

捧げられますか？」と、「日本国民」に問いただしてみたいものだ、と私は思っています。

戦時中は、戦場に散った英霊方の中には「軍神」と崇《あが》められ、その母は「軍神の母」と讃えられましたが、敗戦後は一転して価値観が変わり、「犬死」だとか、「軍国主義者」などと誹謗中傷されました。

関行男大尉の母上も、終戦後は一転して日陰の身になります。遺族に対する国からの扶助も廃止されたため、しばらく草餅の行商をしますが、のちに昭和二十八年十一月九日に用務員室で急死するまで石鎚村立石鎚中学校の用務員として生計を立てました。享年五十七歳、勿論関大尉には子供がいませんでしたから、関家は断絶しています。

他方大西淑恵夫人も、家も家財も空襲で焼失しＧＨＱから未亡人への扶助料も打ち切られましたから、焼け残った市川の実家に戻って薬瓶を売る商売をしていました。

ところがある日熱射病で行き倒れになっていた夫人を助けた日暮里駅前派出所の日下部巡査が実は元海軍兵曹であったことから、硫黄島から撤退して生き残ったゼロ戦のエース・坂井三郎氏に縁がつながり、やがて坂井中尉が経営する謄写版印刷店で働くようになりました。そして昭和五十三年二月六日、病床に横たわる〝無邪気なおバアちゃん〟に、見舞いに訪れた門司副官が「苦しくないですか」と尋ねると首を小さく振った後、「わたし、とくしちゃった…」とつぶやき、その午後に亡くなります。

門司副官は、「このみじかい子供のような言葉には、大西長官があらゆる責任を背負って自決してくれた。そのため、自分はみんなから許され、かえってだいじにされた。海鷲観音も、記念碑も、慰霊の泉も作ってもらえた。喜寿のお祝いもしてもらった。そしてなによりも、生き残りの隊員たちに母親の様になつかれた――

これらすべての人たちに『ありがとう』という代わりに、奥さんは、最後まで彼女らしい表現で、わたしとくしちゃった、と言ったに違いない」と解釈しています。

鶴見総持寺境内にある大西中将の墓碑と海鷲観音

戦後十数年たって特攻記念碑と大西中将の墓の再建後の法要が行われた時、特攻隊の遺族に対して淑恵夫人は、「特攻隊のご遺族の気持ちを察し、自分はどう生きるべきかと心を砕いてまいりましたが、結局、散って行った方々の御霊のご冥福を陰ながら祈り続けることしかできませんでした」と涙声で話しました。そんな彼女にとって、区切りがついた安心感から出た言葉であったことでしょう。

このように、出征した軍人だけではなく、送り出した軍人の家族も一丸となって大東亜戦争は戦われていたのです。故大西淑恵、享年七十九歳、勿論大西家も断絶しましたが、黄泉の世界でようやく自由な時間が持てたお二人は、戦後日本の青壮年たちの奮起を眺めておられることでしょう。

時代に翻弄されたこれら多くの方々の人生を顧みる時、私は「諸行無常」の言葉を思い出さずにはいられません。

そして、知人の大学教授が「日本人は〝笊《ざる》の上の小豆《あずき》〟であり、笊が傾くと右にでも左にでも容易に移動する」と嘆いたことがありましたが、異常なブレ方の落差の大きさが、同じ日本人かと思うくらい私には〝戦後日本人〟が理解できなくなるのです。

夫を戦場で失った未亡人が、

「かくばかり醜《みにく》き国となりたれば捧げし人のただに惜しまる」

と詠《よ》んだことが話題になったことがありましたが、今の日本国の何とも「ふがいない体たらくさ」を象徴しているような気がして、私には戦場に散った英霊方の無念も伝わってくるのです。

このような歌が詠まれる国にしてはならないのであり、未だに英霊方は安らかにお眠り下さってはいないだろうと感じます。

要はこの国の先頭に立つべき首相が、国内外にどのような反対意見があろうとも、国のために散った彼らを祀《まつ》る「靖国神社」に勇気を以て堂々と参拝して哀悼の誠を捧げることでしょう。これこそが何よりも英霊方にとって供養になるのであり、後に続く青少年たちの模範になるのだと信じます。

それなくして、誰がこの国のために命を捧げようと思うでしょう。人間、パンのみにて生きるに非ず、といいます。飽食、無責任時代、非人間教育を受けて育った現代の意気地なしに見える？　男たちに、当時の若者たちの真情が理解できるだろうか？　と不安に感じつつキーボードに向かっていましたが、ソチ五輪で活躍した十九〜二十三歳という特攻隊員と同年代の青年男女の活躍ぶりを見た限りでは希望が持てると感じました。

私は現役時代に、本州から沖縄に向かって飛ぶ時、眼下左手に桜島を、右手に開聞岳《かいもんだけ》を見下ろしながら、七十年前に同じルート上を爆弾を抱いて茫漠《ぼうばく》たる洋上へ飛び出していった特攻隊員たちの心境に思いを馳せたものです。

同乗する若い操縦者に「どんな気持ちだったろうな〜」と語りかけると、彼は「今は航法装置も充実していますから、迷いなく海上に飛びだせますが、当時は不安だったでしょう。それにいつ敵が襲ってくるかしれません。その緊張感は私には想像もできません。勇敢だったと思います」と言います。そこで二人揃って機上から、勇気ある特攻隊員の英霊に向けて挙手の敬礼を捧げたものです。

私たち日本人は、大東亜戦争で散った多くの戦没者、並びに戦後復興に尽力《じんりょく》された先輩方を敬《うやま》い、恩に報いるため、周辺諸国の〝雑音〟に惑わされることなく、大東亜戦争の真実から教訓を学び、流動する国際情勢に対処しなければならないと思います。

真摯《しんし》に反省もせず、「平和」という念仏を唱えるだけでは、何の解決にもならないし進歩もない！　ことを悟るべきでしょう。

今回も、青林堂の蟹江社長と、渡辺取締役から、特攻で散った英霊たちの無念についてまとめてほしいと言われ、半世紀も前から収集していた各種資料を改めて整理してみました。

専門用語などの羅列《られつ》を極力排したつもりですが、若い方々が国のために散華した同年代の英霊方に対して関心を持ってくれたら本望です。

【参考文献】

1、「靖国」第703号（26・6月号）
2、「KAMIKAZE＝神風特別攻撃隊〝地獄の使者〟」A・J・バーカー著／寺井義守訳：サンケイ新聞社出版局
3、「回想の大西瀧治郎＝第一航空艦隊副官の述懐」門司親徳著：光人社
4、「大西瀧治郎」故大西瀧治郎海軍中将伝刊行会発行（昭和32年6月）：非売品
5、「特攻とは何か」森史朗著：文春新書
6、「予科練・予備学生　命の実録　蒼空に散った若き英霊たち」大野景範／編著：ダイナミックセラーズ
7、「梓特別攻撃隊―爆撃機「銀河」三千キロの航跡」神野正美著：光人社
8、「知覧特別攻撃隊」村永薫編：ジャプラン
9、「知覧特攻基地」知覧高女なでしこ会編：話力研究所
10、「人間魚雷『回天』」宇佐美寛著：善本社
11、「散華」渡辺忠夫著：明成社
12、「散華＝雲湧きて流るる涯」高橋裏輔編：私書版
13、「続・散華＝帰りこぬ勇者たち」同右
14、「天空（天草海軍航空隊追憶の栞）」天空会
15、「青森県少年飛行兵会」会報第34号、45号

16、「1001空戦友会会報」
17、「海軍中将　中沢佑作戦部長・人事局長の回想」中沢佑刊行会編：原書房
18、「神なき神風」三村文男著：東京経済
19、「ああ予科練」小川益生編：WILDBOOK
20、「大東亜戦争全史」服部卓四郎著：原書房
21、「昭和天皇独白録」寺崎英成御用掛日記：文芸春秋
22、「特攻作戦」別冊歴史読本：新人物往来社
23、「あゝ航空隊：続・日本の戦歴」毎日新聞社
24、「ドキュメント神風　上—特攻作戦の全貌」デニス・ウォーナー、ペギー・ウォーナー著／妹尾作太男訳：徳間書店
25、「闘う零戦・隊員たちの写真集」渡辺洋二編著：文芸春秋
26、第2次大戦「世界の戦闘機ベスト50」監修・秋元実：潮書房
27、「戦場心理＝日本海軍軍人の心を支えたもの」水交会研究委員会編
28、「特攻—外道の統率と人間の条件」森本忠夫著：光人社NF文庫
29、「日米交換船」鶴見俊輔・加藤典洋・黒川創共著：新潮社刊
30、「中世日本の怨霊鎮魂・怨霊平等・慰霊顕彰とのその系譜」谷口雄太（「澪標」平成21年夏号）
31、「祖国と青年」日本青年協議会編
32、「戦争から平和へ＝波瀾の空に生きて」近藤計三著：文芸春秋
33、「学生たちの太平洋戦争—国に捧げた青春の記録—」熊谷眞著：夢工房

34、「特攻からの生還＝知られざる特攻隊員の記録」鈴木勘次著：光人社
35、「日本人は何故特攻を選んだのか」黄文雄編：徳間書店

佐藤　守（さとう　まもる）

1939年、樺太生まれ。防衛大学校卒業後、航空自衛隊へ入隊。戦闘機パイロットに。第3航空団司令、航空教育集団司令部幕僚長、第4航空団司令、南西航空混成団司令などを歴任。97年、空将で退官。総飛行時間、約3,800時間。著書に『実録　自衛隊パイロットたちが接近遭遇したUFO』（講談社）、『金正日は日本人だった』（同）、『国際軍事関係論』（かや書房）、『日本の空を誰が守るのか』（双葉新書）、『ジェットパイロットが体験した超科学現象』（青林堂）、『自衛隊の「犯罪」雫石事件の真相！』（同）、『大東亜戦争は昭和50年4月30日に終結した』（同）、『日本を守るには何が必要か』（同）、『ある駐米海軍武官の回想』著：寺井義守　校訂：佐藤守（同）。

お国のために　特攻隊の英霊に深謝す

平成26年7月10日　初版発行

著　　者　佐藤　守
発 行 人　蟹江磐彦
発 行 所　株式会社 青林堂
〒150-0002 東京都渋谷区渋谷 3-7-6
TEL 03-5468-7769
印 刷 所　株式会社 シナノパブリッシングプレス

ブックデザイン／吉名　昌（はんぺんデザイン）
協力／株式会社スピーチバルーン
DTP／有限会社 天龍社

ISBN978-4-7926-0497-4 C0030

http://www.garo.co.jp